快樂不應只是夢想，而是一個決定。

祝您旅途癒快

泰國療癒 第二章

香港療癒 第三章

自序

你好嗎？ 我很好！

「你隻腳點呀？」

由 2022 年至今 2024 年，每次碰見很久不見的朋友，他們說的第一句話大多是這句問候語，那次意外好像印了在我額頭上似的，朋友們每當見到我就會想起。

話說 2021 年 9 月，一個微雨的早上，一條濕滑又粗心大意的跑步男，在未轉綠燈時就趕住跑過對面馬路，結果被急轉彎的車迎面撞上，身軀飛起並像跳水運動員般反身翻騰幾周，再撞埋去車頭檔風玻璃，才跌倒落地。男子身體多處受傷，而右腳的腳骨就折斷了。

男子即時被送往醫院做手術，在右腿植入了「鈦合金」以支撐隻腳，幸好腳骨只是斷折而不是粉碎，之後用了大約半年時間才甩掉拐杖，逐漸回復正常地走路。

當了 Blogger 十幾年，一直只是用英文名 Kelvin Leung 做作者名，「飛叔」這個稱號是在疫情初期沒有得飛的時候改的，估不到飛叔的第一次「起飛」是因為撞車，實在有點諷刺，究竟是否改壞名？

回想起來，要感恩遇上意外和疫情，才得以改寫我的人生。疫情令原本的工作也失掉，後來加上要養傷，整天無所事事，開始學習冥想，又花了好多時間去思考人生，「療癒」這兩個字在腦海內走了出來，決心要做一些療癒的事，讓自己活得更精彩。

在傷患逐漸好轉期間，創建了一個圍繞療癒概念的資訊媒體「癒報」，並開立一個專欄叫「飛叔療癒」，專寫療癒主題的生活體驗，而「療癒之旅」在 2023 年初展開，決定去一些自己喜愛的地方，做一些療癒身心的事，慶祝自己重生。

一年以來，去過日本和泰國多個城市，就算留在香港的時候也不忘找尋療癒的體驗活動，只因傷過後更加感到人生苦短，要更懂得愛自己。

這本並非旅遊攻略書，而是收錄過去一年的旅遊和生活印記，加插那次意外的一些後續，亦包含一些人生哲理和童年回憶，既可以當旅遊書來讀，又是一本心靈勵志類的著作，只要你人生有經歷，或許會從中找到一點共鳴。

「療癒」並非只是齋坐或休息，可以有千百種方式去令自己恢復元氣的。

我挑選的「療癒」題材很廣泛，但都有一個共通點，就是要享受到快樂。

快樂不應是夢想，而是一個決定，只要你想快樂，無論在什麼處境，一樣可以活得快樂。

最後，在此一次過感謝這幾年來關心過我的人，我現在很好。

你又好嗎？過去幾年，或許你的身心也受過不同程度的傷痛，希望透過閱讀我的療癒之旅，可以療癒到你，定要快快好起來。

飛叔 Kelvin

洗滌了身心靈的足跡

認識了 Kelvin（飛叔）都一段時間，從前一直覺得他是一位禮貌周周的紳士，我當然明白禮多人不怪這個道理，但有時的確予人一種有禮貌到見外的感覺；而且他一向做事都很認真及交帶，從朋友的角度去看，有時都感覺到他的壓力，甚至有點缺乏安全感似的，大概每一位生活在城市的人也是這樣吧？

自從他發生嚴重意外後，我們少了機會見面，很多時候也只是從他的社交平台中得知他的近況，而很多時見到他也是外遊中（生活真令人羨慕又妒忌啊！）。

近日再有機會相聚及詳談，我就發現 Kelvin 給我的感覺好像有點不同了，連氣場也有點改變，現在的他繃緊不再，活得比以前輕鬆自在，很多事情及看法也沒有以往的執著，完全 feel 到他現在的舒適感。他跟我分享過自家的旅遊經歷，不是傳統的走馬看花吃喝玩樂，而是深度感受慢活自在，大概就是這些足跡洗滌了身心靈，我真的很羨慕他的改變。

或者所有生活得很緊張的人（當然包括我自己），都可以跟隨著飛叔的足印，好好地去感受人生。旅遊從來都不應該匆匆趕趕，一於慢慢地去享受吧。

林柏希 William Lam
資深電台 DJ，主持，司儀，餐飲集團傳訊總監
Instagram: @lam_william

人與大自然的連結

在九運開始的年代，人們會更向內關注自己的內心情緒和感受，身心靈是這 20 年一個主流焦點。疫情前，大部份旅遊書的賣點都著重在食、買、玩，很少針對向內探索人們內心真正渴求的是什麼？今天我們除了填飽肚子外，更希望情緒穩定、身心愉快，甚至探索到自己今生的意義。

若果以催眠治療的方法來演繹療癒，旅遊的確是一個好方法，藉着透過觀賞美麗風景、感動人心的體驗，這時我們的意識遠離，更加接近與潛意識的連結，感愛到與萬物、山河，融為一體，與大地更廣闊連結的觸動。

這不就是人生意義之一嗎？當你意識到一種世界的浩大，宇宙、山河、歲月，這些比「我」更強大、更偉大的事物，世界比我們想像中更神奇，打破我們原有的世界觀和人生觀。

這本書透過飛叔真實的個人旅遊體驗，融合身心靈的智慧與大眾分享，是一本值得閱讀的書。

Kate Wong
「靈魂小孩」催眠導師、心理諮詢師
Instagram: @spiritual_awakening_healing

療己療人

有誰不喜歡去旅行？每個人去旅行的目的或想得到的都大不同，有人需要瘋狂購物以滿足物質上的擁有，亦有為探望親朋好友以表達關懷之情，或喜愛體驗當地文化、欣賞名勝古蹟，以擴闊思想眼界，增長智慧，亦可以純粹放空，毫無計劃輕鬆悠閒，洗滌一下身心。我也是偏向這類，但無論大家屬於以上那一種，生活在一個急促繁榮的城市，各方面都有相當的壓力，去旅行就是想得到各式各樣的「療癒」。

我認識飛叔已經有一段頗長時間，知道他這數年都四出旅遊，在他的社交平台看到很多遊歷時的相片和影片，風格簡單直接，例如「鴨川櫻花樹下野餐」一文，看到飛叔在鴨川河邊空地席地而坐，一人野餐，相片已經有非常強烈的輕鬆平靜感，令你不由自主地細嚼文字，過程好像帶你去到現場一樣，情感自然就融合連繫在一起，相信這就是飛叔展示怎樣藉住療癒自己去療癒別人，恭喜你願望達成。

希望每一位讀者透過「旅途癒快」都能夠得到療癒，然後將這書介紹給你身邊有需要的朋友，讓大家都可以尋找到「療癒生活」的寶貴體驗。

蔡國威
香港著名演員及司儀，有「六合彩之子」美譽
Instagram: @frankiechoi828

第一章

日本療癒

擁抱櫻花的哲學之道

京都有個著名的景點叫哲學之道，原本只是一條旁邊有引水道的步行小道，其名稱源於明治時代的京都大學教授西田幾多郎，他經常在此散步和沉思，因而悟出道理來，並寫下哲學鉅著包括《善的研究》，後人為紀念這位日本元祖級哲學家，於 1972 年起，把這條長達約兩公里的步行小徑命名為「哲學之道」。

哲學之道的河川有由琵琶湖流入的河水，小徑兩旁又種滿櫻花樹，來到時正好櫻花已盛放起來，原本應該擠滿遊客，可是來到當日下著大雨，遊人驟然減少很多。

過去幾年的經歷教曉我一樣道理，就是想做就要馬上做，等了幾年終於重臨京都，如果今日只因落雨這種小事不來這裡，又不知要等多久才再有機會。冒雨步行並不是大問題，我通常都帶備雨傘，亦多得這場雨，讓我得以在人潮稀少的道上恬靜地散步。

下著雨的步行道變成濕滑的泥路，自從腳傷後，現在行路格外留神，為免跣低或扭傷，迫不得已減慢步伐去行，並擔著雨傘去欣賞流水和櫻花，有時又要兼顧拍照，真的有點狼狽，但仍無損散步的心情，在雨中散步確是很浪漫，可惜我只得「一條友」，就自己跟自己談情吧。

擁抱櫻花的哲學之道

行行重行行

對於哲學，小弟只懂皮毛。然而有感於這條小道，對於作家來說真的很容易取得靈感。看著連綿不絕的流水，兩旁的花草樹木包圍著整條水道，令我聯想到人與人之間的關係，各自修行又互相輝映，這種狀況或許是最理想的夥伴合作關係。

哲學之道雖說只有兩公里，照計很快就走完，我當日行下又停下，到大半中途時因為雨勢變得頗大，行了大半截路程便回頭走，來來回回卻已經逗留了超過兩小時。

在哲學之道散步的時候，想起疫情期間那三年，很多時間待在家中，加上期間一次交通意外令我有幾個月不良於行，只能夠在家附近撐著拐杖慢慢地散步，鄰近的公園和行人路就成為了我經常流連的「哲學之道」。

現在回想起來，該段時期的散步對我的身心復原有好大幫助，每次行一個圈，雖然只是一千幾百步，卻吸收了陽光，又增添了力量，同時思考到人生議題，漸漸才回復到今日內心強大的我。

散步真的是一種很療癒的活動，每天都應該做一次，如果住家附近有條像哲學之道這樣的步行道就故然完美，就算身處的環境不理想，都可以有自己的一條哲學之道，是一條你自己感到紓緩身心的步行道。

若果你覺得遇到了人生某方面的樽頸位，也不用擔心，只要持續地散下步，踱下步，定會找到出口。

咖啡・微風・心聲

鴨川是貫穿京都城市的主要河道，不同路段和季節都有不同景色。記得大約十年前，有一次下榻的旅館就在鴨川近七條位置，索性棄乘交通工具，而每日直接經鴨川步行至四條河原町，實在非常喜愛這種旅遊方式。

在鴨川除了散步外，更好適合跑步，我在 2017 年跑過京都馬拉松，其中一段路程就是在鴨川，沿途風光明媚，感覺非常暢快。

這次在春天來到京都，正值櫻花盛放之時，光是散步就似乎對不起這條那麼美麗的河流，決定找個好天的早上，在鴨川旁邊野餐。鴨川並非所有路段都適合野餐，有些路段只有很窄的步行或單車道而沒有草地，河原町那地段就略嫌太多遊客，個人認為最宜野餐的是北大路站附近的位置。

鴨川櫻花樹下野餐

北大路的鴨川既有較闊落的行人路，又有充足的草地，河兩邊又種滿櫻花樹，來到時剛好櫻花盛開，就最好在櫻花樹下來一次野餐。本地人如果有齊野餐用品，當然可以方便地野餐，像我這些什麼都沒有準備的遊客，最好就是買一次性的用品，或索性向店舖租用。

鴨川北大路有間咖啡店WIFE & HUSBAND，除了供應咖啡及簡單食物外，亦有租借野餐用具服務，正合我們這些路過的旅客心意。WIFE & HUSBAND店名顧名思義由一對夫婦開設，店鋪在距離鴨川只有一條馬路的小巷內，在網絡上早已紅起來，加上正值櫻花季節，往往要排長龍進場購物。

店內基本的野餐用具例如桌椅、簾、草帽、單車等都齊全，而野餐的基本套餐通常就會包括一壺手沖咖啡連杯、桌布、小桌子、簾子。店子本身供應的食物不多，有些不設外賣，那就只好買件蛋糕。

拿著一籃子咖啡和用具，走過對面馬路，就在鴨川兩旁空地上野餐。此時櫻花已開滿，當日天氣又非常晴朗，已有不少人一早霸了櫻花樹下的最佳位置了，幸好我都找到個不錯的樹蔭位，立即就開壇，野餐去吧。

自癒之 Me Time

當日天氣非常晴朗，在櫻花樹下一路喝咖啡，一路靜觀河川的流水，又看看其他跑步和踩單車的途人，雖然遊人不少，卻不算嘈吵，有時閉上雙眼，聽聽河水聲和微風聲，真的寫意萬分。

有時會有微風吹來，微風亦同時把花瓣吹下來，變成像櫻飄雪的美景，就算花瓣差點吹進咖啡入面，一點也不介懷。不過，河邊有不少雀鳥，要小心食物被鳥兒搶走。

早已習慣了一個人吃飯，一個人旅行，但我其實並非很「毒」，平日在香港都有很多社交應酬，只是人愈大便愈需要更多的 Me Time，亦更學懂拒絕不必要的約會。

過去三年的日子，我視之為沉澱期，得以有機會學習好好跟自己相處，每當獨處時，才真正做回自己。發覺當長時間習慣了做真我後，再出來見人時，反而更容易坦誠相對，皆因那個假面具已經日久失修了。

你不妨定期找個時間去沉醉於自己的世界，確實真正自得其樂。

小貼士

- WIFE & HUSBAND 咖啡店用具租借時限為 90 分鐘，咖啡連壺及杯為一個套裝，如超過指定時間歸還，則每款用具每 30 分鐘加 100 日圓。
- 為節省時間，建議先在其他地方購買食物才來此店租用具。
- 春夏季的京都日間陽光有時頗猛烈，建議最好在早上去鴨川野餐。

京都很多景點都有很美的風光，而我最喜愛看的風景，似乎都跟水有關，真的好喜歡「睇水」，前兩篇介紹過哲學之道和鴨川，都是跟河流有關，今次也不例外，原本的計劃只是去南禪寺，最終卻被寺院旁邊的水路閣吸引住。

蹴上鐵道・南禪寺・水路閣

由蹴上駅開始

一步出地鐵蹴上駅，就見到對面不少遊人在行路軌。

作為香港人，什麼時候會有火車不乘，而去行路軌？就是撞正發生鐵路壞車，又趕住上班的時候囉。在這條火車軌上行的人群，當然不是因為壞車，估計都不怎樣喜歡返工（雖然好多香港遊客在此），而是鐵道早就荒廢，全長 582 公呎的舊鐵路軌道就變成步行道，當櫻花盛放時，舊鐵道就像披上華麗衣服一樣，立時艷麗得很。

沒有火車行駛的蹴上鐵道，不用擔心交通安全，只擔心踩到人或被人踩到，皆因遊客太多。幸好我在早上十時前已經到達，尚未算太擠迫，如果可以再早一點更好。

南禪寺靜觀

沿著蹴上鐵道行到尾，步上山坡就到達南禪寺。

南禪寺是京都的「五山之上」，即是五大規模的寺廟之一，有七百多年歷史，曾經歷三次火災，現時的建築物是江戶時代重建的。

入鄉隨俗，就算沒有宗教信仰都不緊要，入廟前都可以裝支香拜個神，而入到主廟後，就不准拍攝，那就放低手機，好好參拜及觀看廟裡的佛像。

無論何時何地都可以禪修，南禪寺比清水寺好一點，遊客不算太多，可以在廟前找個角落坐下，試試靜觀一會。

羅馬特色的水路閣

傳統日式建築的南禪寺旁邊，卻有一條具羅馬特色以紅磚砌成的水路閣，好像瞬間由日本飛到歐洲似的。

這座水路閣有百多年歷史，在明治時期，是為了將滋賀縣琵琶湖湖水引進來京都而建成疏水水利工程，水路閣是整個水利基礎建設的重要部份。

一個個羅馬式拱門給人無限的想像，如果我還在孩童年紀，或者會在此玩捉迷藏。現在就算只拍拍照，都有很多不同角度可以影相。

走上水路閣拱門之頂部，才是真正的水道。沿著水道慢慢走，低頭看溪流，抬頭則看大樹，在樹蔭下聽著水聲散步，不知幾療癒。

這條水道雖然是平路，但有部份路段是有點濕滑的泥路，行人路又比較窄，行路時便要小心，千萬不要差錯腳讓身體和手機跌進水道呀。

相比剛才花姿招展的蹴上鐵道，我更喜愛水路閣，它就像一個沒甚修飾過外表的中年人，以原本面目和真性情示人，你未必第一眼就喜愛，但卻耐看，而且經得起時間考驗，我一直想成為這種人，其實逐漸自覺已經達到了。

坐禪，就是打坐、獨處靜坐、坐著沉思等的意思，像我這類初階禪修者確實需要較靜的地方才進行到禪修，在京都去過幾處不同的寺廟，卻都因為太多人而不能集中精神坐禪，今天終於來到較恬靜的妙心寺了。

妙心寺方丈面前學坐禪

平日的早上來到，妙心寺的庭園不算大，遊人亦相對稀少，看著寺廟和修剪得整齊而美觀的樹木，呼吸一口寧靜的空氣，感覺非常自在。

妙心寺庭園建築群內有好幾個寺院，如到訪目的是坐禪，建議集中去「大方丈」和「退藏院」兩個地方。

大方丈的生活信條

人人心目中都有一位方丈，相信大家都得罪過不少，其實方丈份人未必一定小器，原來都有其獨特生活信條的。

在妙心寺的大方丈寺堂內，列出方丈的生活信條，就算不懂日文，大概都理解到其意思，大意是每日一次靜坐，專注呼吸，令身心調整，同時要感恩及行善積德，感恩的力量真的可以好大，每日都記住要感恩。

大方丈寺堂門口只有兩棵樹和一堆泥砂碎石，我坐在旁邊，嘗試望著這堆砂石和樹，靜坐了一會，或者這庭園的佈置是刻意地留白，讓參拜者自行領悟何謂「虛」與「空」。

退藏院「含糖坐禪」

退藏院是妙心寺建築群內最熱鬧的地方，似乎大多數遊客都集中去這間寺院，皆因院內的活動較多，例如有沖泡抹茶和禪修課。

有些活動要額外付費，在此提供一個既簡單又便宜的體驗，就是「含糖坐禪」。付入場費 600 日圓時額外加 300 日圓，便會給你一粒柚子糖，其柚子油採自退藏院自家種植的柚子，內亦含有幫助消化的雪松粉及據説有促進冥想效果的 Gotu Kola（積雪草）。

打開糖果包裝，入面簡單地介紹什麼叫禪，無論行或企甚至吃東西都可以是修行，重點是要專注做一件事，這就是基本的禪修概念。

退藏院設置了座位給參觀者坐禪冥想，按照糖衣包裝的指示，在方丈前面向著庭園坐下，把柚子糖放入口，含在口中大約 7 分鐘直至慢慢溶解為止，期間不做其他事情，不看手機，只專注口腔內的糖果。不用質疑其功效，其實重點在專注，這裡只不過是藉著一粒糖來教你什麼是禪，而我就得到一點甜。

退藏院內還有另一個有趣的活動，就是聽音樂，只要在室內這個角落投入 300 日圓，然後戴上耳筒，坐下來聽聽藝術家畠山地平創作的環境音樂，有風聲又有流水聲，不妨閉上雙眼幾分鐘，感受大自然美妙的樂聲。

之後入去另一房間，品嚐由僧人奉上的抹茶與和菓子，這個早上真的充滿喜悦。

妙心寺與其説是寺院，不如説是學習專注的教室，學習將注意力回到自己身上，能夠讓自己愉快，是修行的要訣之一。

妙心寺

京都府京都市右京區花園妙心寺町 1
（JR 山陰本線花園站步行約 10 分鐘）

疫情期間，人雖然長期困在家，心卻好想飛出去，早就計劃開關後第一時間想去的地方就是京都，兼且想在當地試一些特別的體驗，例如在寺院內留宿。

千年正曆寺宿坊一泊兩食（上）

在網上找到一間在 2022 年才正式提供宿坊的正暦寺，確實來得不遲也不早，而正暦寺宿坊每日只招待一組客人，於是在 2022 年底已預訂，能夠剛好在開關後的春天來到這裡，確實是一種緣份。

正暦寺所在的綾部市距離京都有一段距離，在京都車站乘搭 JR 橋立線便直達綾部站，車程約 1 小時 40 分鐘。由綾部車站至正暦寺要步行約 25 分鐘，雖然可以乘搭交通工具，但既然難得來到這個城鎮，便決定用腳步去了解這個小城。

綾部街上行人和商店都不多，如果說京都是恬靜，綾部就是清靜，有種樸素的民居小鎮風光。

到訪當時是三月下旬，正值春天花開，正暦寺門前有櫻花盛放之美景。

來到正暦寺正門，按門鈴後，有位女士應門，迎接這天預約了的唯一客人。寺院內的僧侶主持玉川弘信先生也在場迎接，原來該位女士是僧人的妻子，夫婦兩人一起打理這間寺院。

或者大家會有疑問，為什麼僧人可以結婚？其實日本不少寺院都是家族世襲經營，容許僧人結婚生子，是一種將傳統廟寺文化承傳下去的方法。

玉川先生略懂少許英文，而玉川太太的英文則比較好，達到可以溝通到的水平，不用擔心言語不通的問題。

吃過迎接的和菓子和茶後，玉川太太便帶我參觀寺院。正暦寺有超過 1200 年的歷史，寺院經過不斷的修補，現時看來還是非常整潔，不但建築物維護得好，庭園內的植物亦打理得十分井然有序。寺院內有間廟堂，通常是作法事之類的用途，也是寺院的主要收入來源，據稱收入大多是用在院內的維護上。

四道禪修

寺院除了一泊兩食外，還提供一些免費的體驗活動，這些活動才是我選擇來這裡留宿的主要原因。在十多項體驗活動之中，挑選了四個項目，分別是竹林禪修、百年古樹躺臥、試穿僧袍以及冷水沐浴。

寺院後面有個小森林，最適合用作禪修。在竹林之間坐下來，玉川先生亦有教導正確的坐姿，可是我右腳因之前的傷患而不能完全跟足標準去屈曲，玉川先生説其實並非最重要，心才是重點。

正曆寺的地點並非山旮旯，距離火車軌好近，在竹林間有時會聽到火車聲，亦聽到遠處修路的聲音，玉川先生有點不好意思，我就回答説在香港市區生活早已慣了周圍有嘈音，此處已經是很平靜了。既然冥想是用個心，當閉上雙眼，就不理會雜音，只集中去聽聽風聲和鳥聲，專注自己的呼吸，心果然靜了下來。

竹林前面，有棵六百年的大樹，古樹內裡不知蘊藏了多少記憶和智慧，在古樹之下躺了一會，吸收一些靈氣，頓覺自己跟大自然融合為一體。或者是舟車勞頓的關係，我累得差點睡著了一會，當打開雙眼時，見到的天空變得更為明朗，內心的思緒也清晰了一點。

七次潑自己冷水

回到寺院主廳，玉川先生就給我試穿幾套不同的僧袍。僧袍除了分階級，亦有其不同的功能性。第一套袍在很多日本電影內見過，有點像武士，拿著的武器不是用來襲擊人，而是為嚇唬山上的野獸之用。另外一套袈裟則是高級僧侶在大型廟事上才穿著的，袍服頗重，穿起來舉步艱難，或者就是因為有一定的重量，才讓穿起的人明白責任重大。

穿著過重大的僧袍之後，就來個大解放，脫下所有衣服，只穿上褌（兜襠布），用冷水淋身。想起小時候在叮噹（多啦 A 夢）卡通片見到大雄穿兜襠布的模樣，估不到幾十年後的今日才首次穿上，初見到兜襠布時不知從何入手，花了一些時間才學曉怎樣穿上。

淋身使用的自來水是直接在寺院地底下取的自來水，據說非常富靈氣，因此用此處的冷水來淋，就有洗滌心靈的用意。冷水是規定淋七次的，至於為什麼是七次就真的無從稽考，連玉川先生也解釋不到，而水確實是堅凍的，好在當時天氣不算冷，只不過要用七桶水去淋自己個身，自己潑自己冷水，真正「自己攞苦嚟辛」，但話時話，又幾爽喎，淋到成個人醒神起來。

淋完冷水後，便立即衝入去寢室泡個熱水浴。

小貼士

綾部站不包括在關西地區的 JRPass 周遊券內，且每日的班次有限，需預早在京都車站買票。

千年正曆寺宿坊一泊兩食(下)

淋完冷水後，便回到正曆寺宿坊寢室洗澡，浸個熱水浴。寺院有浴缸？不是說笑，浴室不止設備齊全，浴缸更是全自動操縱，自動恆溫，撳個掣就可以浸浴，尤其當剛剛淋過冷水，馬上在這個有按摩功能的浴缸浸熱水浴，真的爽到爆。

宿坊的室內則是傳統日式榻榻米房間，正曆寺有逾千年歷史，而房間都有過百年，當然不會期望房間很新。雖然看得出所有傢具都有一定歲數，卻保持得十分新淨。兩間寢室是連接著的，估計可以放到共四張床，因這晚得我一人，便顯得更為闊落。房間走廊向著河邊，望到一片花海及良川河風景，正值黃昏時份，景緻相當迷人。

宿坊每日只招待一組客，幾時去吃晚飯和早餐，只需預先跟店主約好時間就得，晚餐就定在六點開始吃。

晚餐也是由玉川先生主理，你以為寺院內定是吃素嗎？這餐卻是全雞宴。

寺院內享受全雞宴

玉川先生不認同寺院內一定要食素，他認為家禽跟植物同樣都有生命和靈性，如果有生命就不能吃，菜也都不應吃，反而是應該好好利用自家飼養的雞，用盡雞隻的每個部位，並將之轉化成能量。而在這裡吃的是由當地農場飼養的綾部地雞，正符合近年餐飲界流行說的「Farm to table」概念。

晚餐頭盤佈置得相當細緻，食物包括味增醃製的雞蛋黃、燒雞翼、煙燻雞里脊肉、真空低溫慢煮雞胸肉、雞腿和雞肝。然後來一些雞隻稀有部位刺身，包括雞尾骨、雞腿根、雞翼根、雞腎、雞肝、雞心、雞頸、雞橫隔膜、雞胃等，真的幾刁鑽，全部是生肉，在熱石溶岩鍋上燒一燒便可以吃。

接著幾道菜分別有雞肉丸白湯、糖醋雞肉、雞腿肉沙律附蔬菜汁、醋菜雞絲、茶碗蒸、西京燒煮雞腿。米飯是免治雞肉加入蛋花的雜炊粥，最後有自家製的抹茶和焙茶兩種口味的蕨餅，以及漬物水果，還奉上自家釀製的梅酒。

晚餐果然用盡雞的每個部位，吃完真的充滿力量。

由飯廳走出去時，抬頭一看，見到滿天繁星的燦爛夜景，不得不停下呆望了天空一陣，療癒力量相當強勁，卻忘記了拍照。

閉起雙眼暫別世界

回到房間休息，房內沒有電視，我也刻意輕裝前來，把電腦和行李箱留在京都酒店，手機也只用來拍照和聽音樂，這晚決定不上社交平台，想讓自己暫時遠離世界一陣。

我喜歡一個人去旅行，雖然偶爾會感到寂寞，有時都想有個人陪伴，但更多時間仍想一個人獨處，當習慣跟自己相處時，寂寞就完全不是什麼一回事。

在這間百年古老房間躺下來時，忽然想起一首老歌，就是關正傑的《星》。

「閉起雙眼睛心中感覺清靜，再張開眼睛怕觀望前程」

小時候聽這首歌時沒有特別感覺，現在人到中年，在此時此刻聽落另有一番感觸。

因計劃乘搭早上八點幾的班次回京都，第二天大清早便起床去吃早餐。這個早餐是全蔬菜，用上當地出產的蔬菜和大米來烹煮的，食物包括豆腐、豆皮、菇菌、酸梅、蘿蔔、青瓜等蔬菜類。吃過早餐又喝完茶後，縱然有點不捨，都是時候跟玉川先生夫婦道別了。

在此度過了獨特而難忘的一夜，確實得到了超乎預期的療癒效果，非常愉快又睡得好，感謝兩人悉心的招待，後會有期。

近年經常聽到森林浴這個名詞，這個源自日文 Shinrin-yoku 的名稱，是一種透過感受森林中氣氛來治癒身心的方法。森林浴跟行山不同，後者比較注重運動量，亦有點挑戰體力和難度的感覺。相反地，森林浴則要求慢行，亦不在乎行幾遠，而是需要沉浸在自然當中，通過五感而達到自然療養的效果。

宇治大吉山的森林浴

兩年前，因一次交通意外而斷了腿骨。回家休養初期，拿著拐杖行平路還可以應付到，最辛苦是上落樓梯，每走一步都覺得痛。捱過大約半年的療養時間，終於可以甩掉拐杖。

那時還在疫情期，在家沒事可做，於是為練習上落樓梯，經常行去附近的一個小山坡，該小山坡算幾容易行，只用幾十級石階就去到一個山腰平台，然後在平台的休憩處停下來，每次都給予我一個機會去好好感受四週的環境，有時會摸摸樹葉，釋放一些鬱悶。那時還未太了解森林浴的概念，現在回想起來，那期間在小山坡上輕嚐了很多次森林浴，是治療了我身體的輔助用具。

第一次去宇治市的大吉山是 2014 年，那次在夏天，行到半路落雨，於是只走了一半就折返到山下。念念不忘這座大吉山，除了風景怡人和環境恬靜外，另一吸引原因是容易行，由山腳不停步地行到展望台，只需大約半小時左右，對於腳骨不太好的人，這座山真的容易令人得到成功感。

慶祝自我重生

這次是腳傷大致痊癒後，首次到外地郊遊，特地挑選這座易行的大吉山去體驗森林浴，去好好慶祝自己的重生。

比著在幾年前的我，定會飛快地行，又可能會計算自己用了幾多時間由山腳行上展望台。經歷過去幾年的變化，現時就算在市區都比以前放慢了腳步，更何況在旅行期間，根本沒有原因要快行，倒不如慢慢行，好好地享受這次重遇大吉山的過程。

大吉山早上遊人不多，沿途亦碰上幾個人在跑步，他有他快跑，我有我慢行，不必跟隨別人的步伐。

雖說以前來過，但這天望著高高的樹林，印象卻十分模糊，或者以前真的行太快而錯過了很多風景。

行了一會後，便在樹林間停下來一會，除了因要做記錄而拍幾張相片外，都沒有使用手機，專心去聽聽樹林間發出的聲音，時而靜靜地站立，時而挨住大樹坐低，深呼吸幾下，嗅嗅大自然的氣味，清新的樹林味道令整個身體都感到十分舒暢。

全程以超慢速度地行，用了大約一小時，終於來到大吉山的展望台了。正值櫻花季節，展望台周圍亦開滿花，非常燦爛奪目。它也是一個觀景好地方，宇治市的景色一覽無遺。

之前一日落大雨，清早還比較多雲，幸好今日行上來全程都沒有雨，上到展望台時還有少少陽光，感恩上天真的待我不薄。

大吉山展望台並不是山頂，可以再行上去的，但既然已經得到了我想享受的森林浴，就無謂再花氣力去行山了，於是決定落山，給自己一個達成目標後的獎勵，就是去品嚐抹茶。

抹茶甜品是治癒心靈的食物，去宇治不吃抹茶就真對不起自己。宇治多間抹茶名店之中，個人始終較喜愛中村藤吉，現時香港已經沒有分店了，惟有去宇治總店吃個夠。

這個早上在山林中獲取了很多大自然的能量，亦行了很多路，這些抹茶甜點正好補充了身體的糖分，以及補足了心靈需要的甜，感到加倍治癒。

貓頭鷹與我的一公分感情

日本有很多動物咖啡店，是真的有動物駐場那種，不少動物種類都比較獨特，例如刺蝟、水獺等，甚至連豬仔都有，我唯獨喜愛貓頭鷹，這種既像貓又像鳥的動物，給我一種很神秘的魅力。

記憶中的貓頭鷹總是跟夜晚有關，貓頭鷹就像是一個你永遠看不透的人一樣，愈難了解就愈想去親近。當得知大阪有間「貓頭鷹咖啡店」Owl Cafe Chouette，就以尋幽探秘的心態，去探索這種像謎一般的小動物。

這間 Owl Cafe Chouette 位於大阪心齋橋附近，在咖啡廳所處的大廈樓下望上去，已經見到貓頭鷹望向窗外，真的有些少傻傻地的衝動想跟牠揮手。

咖啡店內，貓頭鷹飼養區和飲食區是隔開的，而觸摸小動物亦有指引，例如要用手背來撫摸，盡量不宜貼得太近面部，亦禁止用閃光燈和自拍器，說話時要盡量減低聲浪，驚你嚇親小動物。

你條友望夠未呀？

貓頭鷹給人的慣常觀感是在森林中生活，還以為一定會好狂野又好俏皮，但在店內看來牠們又十分乖巧，當然全部都經專人訓練過的，跟人一樣，有文化同無文化的分別。

大多數貓頭鷹都眼瞏瞏又企定定，有時候雙眼完全動也不動，不知情者還以為牠是雕塑，但當行近牠們時，有些就擰歪面，相當有性格。

當然不能放過跟貓頭鷹 Selfie 的機會。每一隻都十分可愛，我亦有私心，偏愛其中幾隻，可能牠們都知我心意，喜愛的那幾隻都好乖地肯跟我合照。當我望住牠時，牠也眼定定地望住我，不懂動物傳心，好難估到牠在想什麼，或者牠心想：「你條友望夠未呀？」，我就偏要望多你幾眼。

想把心儀的貓頭鷹放在肩上，原來並非隻隻都可以這樣做的，有些因仍在訓練中，有些則因體型太大而不適合，最終選了一隻較細又趣緻的，經店員幫助下就放在肩上。

這是我跟貓頭鷹最接近的距離，只有一公分。

每一隻貓頭鷹都有名字，嘗試跟牠說話，叫喊牠的名字，幸好牠很聽話，幾乎任我舞任我拍照。

我沒有養寵物的嗜好，但這裡的貓頭鷹確實逗得叔叔好開心，感到無比治癒，想快樂真的好簡單，望望貓頭鷹雙眼都足以開心半天了。

Owl Cafe Chouette
幸せのフクロウカフェ chouette
大阪市中央区東心斎橋 1 丁目 9 － 21
SHINSAIBASHI 1921 2F
（地鐵心齋橋站 2 號出口步行約 5 分鐘）

與富士山的 398 級約會

對上一次親眼望富士山是在十幾年前的冬天，那次穿著羽絨去欣賞充滿積雪的富士山，雖然凍到手腳有點僵硬，但當望見山峰時，卻依然感到無限溫暖。

今次於炎夏季節到訪日本，穿著輕盈短袖衫褲，帶著去郊遊的心情再去探望富士山，不用沿著雪路浪游，亦不必為好事淚流。

要欣賞富士山景色，新倉山淺間公園是一個首選之地點，公園位處一個小山坡上，剛好正面無遮擋地望到富士山全貌，如果在櫻花季節來到，更可以欣賞到山坡下一片花海。

不過，要上新倉山淺間公園看富士山，就要花一些腳骨力。由山腳上到去公園的觀景台，官方計算總共要行 398 階石級。聽落要行成 400 級好似小意思，去過這裡的朋友大多説好輕鬆而已，但對於少運動人士，或像我那類曾有腳傷的人則例外。

到訪之時，腳傷大致復元，但近年在香港都甚少行山，就算去行的大多只是市區附近的山頭，或許今次是因富士山之名，才給予動力和決心去克服 398 級天梯吧。

忠靈塔之出色演技

夏天沒有花海又沒雪景，卻無阻遊客上去看光脫脫的富士山，新倉山淺間公園的訪客依然多不勝數，但沿途又未至於擠得水洩不通。

398 階石級並非一條直路，中間都有間斷的觀景平台的，可以在山腰先望一望富士山，然後再繼續上。

石級著實並不難行，反而因天氣又熱又曬，才令這條上山路徑變得辛苦。中途停下喝水和抹汗，共花了大約二十多分鐘，終於來到「光明頂」，是新倉山淺間公園的觀景台才對。

富士山景盡收眼底，新倉富士淺間神社的標誌忠靈塔恰好建在觀景台的右邊，無論怎樣拍照都好，忠靈塔都不會遮住富士山的面貌，就好比一個演技出色的配角，恰如其份地顯露光華。

十幾個寒暑，經過一些秋與冬，終於再望見富士山，那一刻有少少感觸，多多喜悅。曾經傷到得半條人命，幾經辛苦又恢復原來的狀態，終於克服了困難，再次登上山峰，相信有經歷的人會懂那種感受。

夏天不一定可以見到富士山，今日天公造美，要感恩。能夠在山坡上看美麗的富士山風景，此刻夫復何求，感恩活著多好。

新倉山淺間公園

富士急行線下吉田站步行約 10 分鐘至新倉富士淺間神社，再由此步行上山坡。

怪叔叔戀上河口湖音樂盒

想欣賞富士山景色，河口湖是一個很熱門的選擇，以前都試過坐河口湖遊覽船，一邊抬頭望向富士山，另一邊就低頭望向湖中，看看富士山的倒影，真的令人沉醉。

河口湖周邊還有一個很治癒的景點，就是「河口湖音樂盒之森美術館」，入面既可以欣賞到富士山和河口湖風景，又可以聽古典音樂和各種表演，一舉幾得。

河口湖音樂盒之森美術館就是以音樂盒作為主題的美術館，園裡佈置成歐陸古典小鎮的模樣，跟日本標誌的富士山相映成趣。

由美術館入口步行至水池廣場，會經過一條種滿鮮花的小徑，來到時正值夏天，玫瑰花盛放，相信女生們定會雀躍萬分。但我又不是王子，更加沒有貴氣，來到歐陸小鎮，就容許自己暫時逃離現實，走入童話世界，扮演隻青蛙，或做怪叔叔也可以。

童心細看音樂噴泉

河口湖音樂盒之森美術館園地的中央廣場有個水池，有隻天鵝在游來游去，我的視線就跟住牠在游走，真的想將自己變成那隻天鵝，自由自在不問世事般在池中暢泳，完全懶理旁人，這才是做人處世的應有態度。

每「搭正」鐘頭的時候，水池的鐘樓上就會彈出一個木偶，該木偶就像樂團總指揮，當木偶揮動指頭時，音樂隨即響起，水池中央便變成音樂噴泉，水花跟著音樂節奏濺起，演奏長達約兩分鐘。

對像我這類在七八十年代長大的香港人，音樂噴泉正好是一種童年回憶。當年家住港島南區，坐成個鐘頭巴士老遠走去沙田新城市廣場，就是為了看音樂噴泉，童年時覺得水柱跟音樂的節奏跳動是一件好神奇的事，看水花四濺就是孩童時代最簡單而治癒的時光。

除了音樂噴泉外，美術館中央廣場水池旁邊有幾個供遊人自己敲打的樂器，我不懂得樂理，隨意隨心就去敲幾下，真的好寫意。

美術館內有座城堡，佈置成像《歌劇魅影》那樣的富麗堂皇音樂廳般，這裡定時定候有自動樂器演奏，還有不同藝術家的美術展。

河口湖音樂盒之森美術館名字雖叫美術館，其實更像一個公園，範圍不算很大，園內每個區域都很貼近歐陸主題，走進這間美術館，就彷如被童話世界的古典音樂包圍似的。整個公園給我一種很純真的感覺，是一種低科技的治癒。

此外，美術館外面有一個較隱蔽的位置，是河口湖範圍內一處較少遊人的地方，不妨走出去湖邊靜靜的看風景，享受清新的空氣。

河口湖音樂盒之森美術館

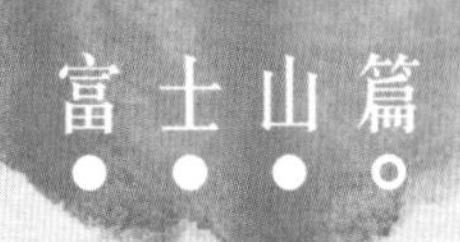

富士山有五湖，是指圍繞山麓的五個湖泊，除了最受遊客歡迎的河口湖外，還有山中湖、精進湖、本棲湖和西湖。今次去西湖地區的西北部，到訪一個曾經被稱為日本最美的村莊根場。

西湖療癒之里根場的時光隧道

這條合掌村莊有過百年歷史，因 1996 年的一場颱風，令這裡約四十間茅屋大部分盡毀，經過多年的修葺及重建，現時將村莊開放作旅遊景點「西湖療癒之鄉根場」，重現百年美麗村莊的面貌。

重建後的西湖療癒之里根場已經沒有居民，而變成一條好像歷史博物館般經營的村莊，訪客來到就像走進時光機，穿越時空回到農村時代。

西湖療癒之里根場的茅屋分佈在山坡上，先由山腳慢慢步行上去山坡，走進每間茅屋停低看看，可以在此逗留一個小時以上。

每間茅屋現時成為不同主題的商店，有餐廳，亦有售賣紡織品、木器、陶藝等的店舖，還有一些歷史資料館，介紹以前村內的生活狀況。部份屋子擺放著不同的藝術裝置，亦設有限定的展覽。

觀看合掌村建築特色的時候，大概可以估到當地村民的生活，從前這裡的村民主要以林業、炭業、紡織品、養蠶、奶牛養殖等為生，甚為簡樸。

每人心裡都有一座富士山

稱得為「療癒之里」怎會浪得虛名，個人覺得整個西湖療癒之里根場園區最療癒的地方，莫過於走上村莊內山坡最高的一棟屋子，是看富士山風景最好的位置。這個位置剛好就對住富士山，來到當日天朗氣清，富山士景以及山下的房屋都一覽無遺。

就找張座墊坐坐，好好欣賞這裡的風景，亦合上雙眼冥想一會，感受這村莊的純樸氣氛。對住這樣的美景，真的不捨得走。

以前住在這條村的居民，生活質素顯然不及東京大城市的便利和熱鬧，或許會有點艱苦，每當辛勞之時，只要抬頭望一望富士山，相信會霎時增添生活的動力。

其實我們城市人也都是一樣，當你感到挫敗和氣餒時，就請拿出你心目中的「富士山」出來，你的富士山療癒之鄉可以是人生認為最美麗的地方，那就是讓你繼續生存下來的原因，只要一日還有該富士山的畫面，一日還有希望，請不要放棄生命呀。

最萌神社招財貓豪德寺

我不是貓奴，卻非常喜愛招財貓，在香港每次見到有店鋪放隻招財貓，都會不期然停低望多兩眼，或許有人真的會因其可愛而走進店鋪然後順便消費，名字叫得做「招財貓」，實在不無道理。

東京的豪德寺因招財貓而招徠大量遊客，寺廟內有逾千隻招財貓，個人覺得可能是全日本最萌的神社。豪德寺有三百多年歷史，據説是招財貓的發源地，傳説幾百年前日本江戶時代一位藩主因遇上一隻貓而避過雷雨，於是把帶來好運的貓在寺廟內供奉，豪德寺亦從此香火鼎盛，確實招來了幸運。

這天為招財貓而去豪德寺參觀，來到寺廟門口，已經見到一隻招財貓雕像在揮手迎接善信了。

貓奴的賣萌蜜語

走進寺廟，便會見到總共逾千隻大小不一的招財貓一排排坐著，仿像有千隻貓在夾道歡迎我來探訪似的，好震撼，雖然叔叔本人有點怕密集，但這個我又 OK 喎。

就算不為拍照，單單是細心地欣賞貓咪們，已經可以花上不少時間，足夠令我開心不已，感覺真的非常療癒。

誰說大叔不能賣萌？在可愛的招財貓面前，點樣攞甫士都得，只要你不尷尬，尷尬的就是旁人。暫時成為招財貓的奴才，此刻終於理解貓奴們的心態了。

除了中庭的區域外，招財貓亦暗暗地躲在寺廟內多處不同地方，甚至寶塔上亦有貓樣。

齋看招財貓未必滿足到貓痴，可以買隻招財貓仔回去，不過就有限購數量的，每人每款只可買一隻，我都買了好幾隻回去，把好運帶回家。

除了看招財貓之外，豪德寺本身亦是一個恬靜的地方，且綠意盎然，在此散步或閒坐一會兒，亦是一件十分寫意之事。

哪有人不要財運？我從來不是富有人家，當然覺得搵錢好重要，財運是要的，但相比起財運，人愈成熟，愈希望心靈上得到滿足，此刻期望的好運就是身心的幸福。

小貼士

去豪德寺有兩條建議的路線

1. 在豪德寺站下車然後步行約 10 分鐘；

2. 建議乘搭東急世田谷線，在宮の坂駅下車，有機會碰到貓咪列車。

「我帶你去看金魚啦」，看金魚這回事真是好大的誘惑，幸好我細個時沒有碰上金魚佬，否則可能都會被拐子佬騙去某處做什麼事。

銀座藝之「魚樂無窮」

小時候家中曾經養過金魚，可惜不懂打理，金魚每次都好快死，換過幾次魚後，便放棄繼續養。之後當想看金魚時，就乾脆走去金魚舖看個夠。八十年代養金魚是很多香港普羅市民的生活情趣，在屋邨很容易找到金魚舖。我小時候個性幾憂鬱的，每當在學校遇到挫敗感，就走去看看金魚，或在清早打開電視收看「魚樂無窮」節目，心情好快就會好起來。

長大後，甚少有興致專登去看金魚，就算路過旺角金魚街，都只會稍稍停低看幾眼，然後就匆匆離開，看金魚這個童年治癒回憶就好像金魚記憶般好快離遠我了。

當得知東京有間以金魚為主題的「銀座藝術水族館」，便毫不猶豫地放在行程中。銀座藝術水族館位於銀座三越百貨大樓內，以水族館來説，這間館面積不算大，內裡卻有著約十種不同品種的金魚，名副其實的金魚博物館。

忘掉時間的流走

説得上藝術水族館，藝術當然是不可或缺的元素，在館內單是花款眾多的金魚缸已經可以當作藝術品般欣賞。

館內分成多個區域，各區域用上不同形狀的魚缸來擺放金魚，亦運用幻變的燈光和聲音效果，營造出不同的顏色，以表達不同的氣氛，真的輕易就令人沉浸在金魚的世界內。

日本的主題博物館從來不會令人失望，甚至超乎意料的好，這次亦不例外，沒想過金魚缸都可以玩成這樣的極致。

館內投射出不同的光影，給人一種夢幻的感覺，燈光卻沒有令人感到刺眼，音樂亦很柔和，整個場館的氣氛顯得較為靜態和溫柔，適宜靜靜地觀賞。

雖説這間銀座藝術水族館的地方不大，但我竟然在此逗留了一個多小時，有些區域尤其留得比較久。當你十分專注地看金魚，確實可以忘掉時間的流走，完全被魚兒們療癒了。

看著金魚在不同的魚缸內游動，魚兒好像都適應到不同的魚缸，更可以變化出截然不同的形態。人其實也可以像金魚般，縱使環境改變，人亦可以在不同的環境發揮到所長。如果你的魚缸被換掉也不緊要，就繼續用最優美的姿態去表現自己，一樣可以自在地游來游去，不必在乎周遭環境和氣氛，只在乎你的心態如何。

古蹟澡堂洗滌心靈

我承認自己有輕微的潔癖，尤其在夏天，有時會一日沖兩次涼。洗澡不單是為了清潔身體，更有種放鬆身心的的療癒效果。以前有好幾次因參加馬拉松而去日本，特地挑選有大浴場的酒店去住，一來方便在跑完回去後立時紓緩，二來因日本的酒店房普遍細小，就算有浴缸都不能伸直雙腳，去大浴場顯得較自如。

因日劇的緣故，對日本的公眾澡堂深感興趣，之前沒有去過，今次去東京決定要去澡堂探個究竟。

日本的澡堂或稱錢湯的出現，是為了提供洗澡場地給一般庶民，尤其在東京這樣的大城市，生活壓力大，居住環境亦較狹小，澡堂就好比一個加油站，可以在上班前後，先在外面洗一個澡，讓自己淨化及充電後才繼續上路。

在上野山手線御徒町站附近有間澡堂燕湯，外觀像一間古蹟建築物，著實這地方亦是日本國家法定古蹟。

燕湯是一間頗為傳統的日式澡堂，就像在日劇見過那種。這間錢湯並非 24 小時營業，只在早上六點開始營業至晚上八點，給市民在上班或上課前後來淨一淨身體。

洗澡就像是一種儀式

澡堂跟溫泉一樣分男女湯，入內前先脱鞋，然後往櫃台付款 500 日圓入場費及購買浴巾。櫃台的大嬸隔住玻璃看守更衣室，我這個香港仔原本並不習慣給嬸嬸望住換衫和沖涼，但既然阿嬸都不尷尬，亦不屑去望你，在場的客人亦都完全不介意赤條條，我只好乾脆豁出去。

當日來到時約為早上七時，剛好是東京人上班上課前，原本還以為來傳統澡堂的都是大叔輩為主，原來各種年紀都有，亦有些穿著校服的過來泡湯。或者洗過澡後，個人精神飽滿一點，上課就沒有那麼容易恰眼瞓吧。

澡堂空間並不大，室內有大幅富士山繪畫，亦有仿製的石頭，感覺仍是老舊的設計。

泡湯的池有分冷熱水兩種，湯池好細，熱湯的溫度卻頗高，比一般溫泉池還要高，我不習慣泡熱湯太久，泡三兩分鐘，給熱湯燙一陣，已經成個人醒過來。

眼見大部份客人在這間澡堂的逗留時間不長，全都是匆匆洗完澡就走，東京人的時間寶貴，那種浸在湯內沉思的畫面，可能只在日劇才出現。

早上洗一洗泡一泡，的確立時精神爽利。澡堂的作用其實是心理上的幫助大於實際。洗澡像有一種儀式感，覺得自己洗走了污漬，又沖走了負能量，之後才有空位去接收這個世界的各色各樣奇怪事情，就算再有突如其來的負面情緒侵襲都不用怕，最多再去洗一洗就得了。

燕湯

台東區上野 3-14-5 110-0005
（山手線御徒町站下車步行約 4 分鐘）

備註：日本人很注重個人衛生，去澡堂亦有其規矩，除了一定先洗澡後浸浴，洗澡坐的椅子和盤子亦要自行沖洗乾淨，盤子宜反轉放回原位，才好離開洗澡區。

東京人生活繁忙，要找機會靜修似乎好難，其實香港人亦一樣，雖然難，卻是每天都需要找機會靜修一陣。

東京禪院的清早坐禪課

香林禪院是東京市區內的一間寺廟，星期一至五早上及星期日黃昏都提供坐禪，就好比供應一頓健康清淡的早餐一樣，讓心靈先行洗滌，然後才開始繁忙的一天。

禪院隱藏於祥雲寺建築群內的，説是寺廟，更像一所私人的住所，如果不知道這裡有坐禪活動，可能不敢走進去。雖然禪院地方細小，卻仍然有一個精巧的和式花園，走過這個花園的時候，明顯感受到一份獨特的禪味。

坐禪課平日由早上七時開始，像日本普遍寺廟一樣，要先脱下鞋子才可進入禪修室。如果對坐禪全無概念的話，禪修室門外有圖文並茂的單張介紹如何坐禪的。

入去禪修室後，隨便找個適合的座墊位置盤坐就可以。每個位置都放著兩張座墊，我觀察到其他人通常會把上面的座墊對摺起，底下的一張就平放，然後才盤坐在上，盤骨剛好在摺起的座墊上，而雙腿在前面低少少的墊上，這樣坐姿便較為紮實。

室內大約有廿個座位，當日除了我這位外國人之外，還有好幾位歐美人士參與，著實不必擔心語言問題，皆因全程根本不需要使用語言溝通，帶個心來就得了。

讓思緒隨意飄

坐禪準時七點開始，當寺廟主持點起一支香，然後敲響一下鐘，參與者就閉上雙眼，展開 25 分鐘的冥想。

主持期間完全沒有說話，亦沒有敲鐘，雖然寺廟在市區，但距離行車街道有一段距離，因此聽不到車聲，也幾乎聽不到人聲，只有鳥兒聲和夏天微風吹起的聲音。

當日天氣良好，陽光直接射入室內，我就好好運用呼吸，把陽光混進身體內，接收美好的能量。而期間的思緒則很跳動，沒有刻意去壓制思想，就讓思緒自己隨意飄，漸漸進入放空的狀態。

參與者同室坐禪各自修行，閉上眼時聽不到旁人的聲音，卻感覺到別人的呼吸，各自的世界在靜止中，卻暗地裡影響著對方，共修就有這樣奇妙的效果。

聽到另一聲敲鐘後，那支香燒完，25 分鐘的坐禪冥想就結束，然後休息 5 分鐘後開始第二節。第一節完後其實可以離開，但難得來到，便決定繼續第二節坐禪，合共靜修了 50 分鐘。

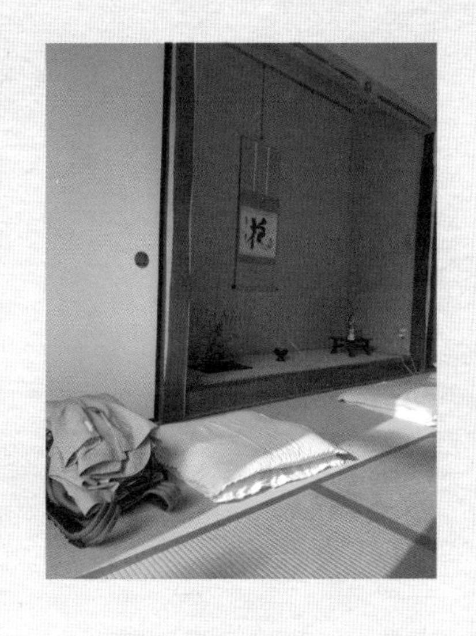

我平時在家都有冥想的習慣，一般只會做 15 分鐘之內，這次可說是人生最長的坐禪課，可能因為跟其他人共修，如中途離開就可能會打擾到其他人，於是便發揮最大的耐力，去完成這堂長課。

空著肚來坐禪，完成兩節課共 50 分鐘後，雖然有點肚餓，卻不辛苦，像清淨了心靈上的腸胃，心境相當平靜，已經是良好的效果了，亦是這次整個東京之旅的意外收穫。

香林院

交　　通：東京地鐵廣尾站步行約 5 分鐘

坐禪時間：星期一至五 07:00 及 07: 30 / 星期日 17:00

第二章

泰國療癒

金剛腿漫步於曼谷的天空上

唐人街藝文半天閒遊

翟道翟的鹹蛋黃

咖啡店的「性上癮」文化？

在熱帶雨林咖啡店划艇

在湖景咖啡店前冥想

人生清單之夢幻天燈節

吸一口海拔 2565 米上的空氣

瓦吉拉坦大瀑布的禮物

湄康蓬村慢活半天

Jing Jai Market 的早繽紛

藝術村的冥想繪畫

Kalm Village 黃昏瑜伽和聲頻浴

美工鐵道市集做鐵膠

大城的吳哥窟看到希望

走過北碧死亡鐵路桂河橋

金剛腿漫步於曼谷的天空上

在 2022 年的下半年，當出外還要戴口罩兼且回港要隔離幾天時，不少朋友已急不及待外遊，那時我的腳傷已康復得七七八八，每日步行幾千步都無問題，覺得可以觀察多一會，就決定等待下一年春季才開展報復式的療癒旅遊。

原本只計劃 2023 年春季去京都，臨時在去日本之前加插了一個曼谷之旅，於是曼谷變相成為我相隔三年幾之後的首航目的地。

相隔幾年，終於重臨熟悉的曼谷，第一個好想去的景點是 King Power Mahanakhon Tower 頂層 78 樓的天空步道，很想試試用我隻鑲了鈦金屬的腿在天空漫步。

這幢 78 層高的 King Power Mahanakhon Tower，是曼谷最高的大樓，亦因為跟曼谷其他高樓有一段距離，這大樓便像鶴立雞群一樣，好適合作為觀景的用途。

King Power Mahanakhon Tower

Chong Nonsi 空鐵站出口經行人天橋直達

大地在我腳下

行落玻璃步道是不能帶任何行李，當然都不能拿自拍棍之類的東西，並要穿上提供的鞋套，就可以兩手空空的像反地心吸力般在天空步行了。

我雖然不會畏高，但畢竟曾經受傷過而且剛剛才康復，起初還以為自己會怯，當踏上玻璃後，卻完全沒有驚恐的感覺，不但沒腳震震，反為覺得不知幾自在。

一路行，一路望住底下的高樓大廈，真正感受到大地被我踩在腳下，仿如自己巨大化了，像巨人在凌空走動一樣。期間又幻想自己真的像大鳥般飛翔，而且是好安全地飛，不用擔心會跌下來，更不用擔心給車撞倒，好暢快。

至於該擺什麼姿勢拍照好呢，正是發揮創意的時候，整個人躺平在玻璃上又得，坐低或跪起來都得，甚至可以禪坐，亦給自己一個放空的好機會。

當坐在玻璃上時，一邊望向天空，一邊望向地下，覺得自己是在天與地之間的一粒塵，亦放下了一些執著，心情自然輕鬆了一些，頓時像輕飄飄似的。

此刻，不用想任何事，只想好好享受超過三年沒嚐過的旅途愉快。

小貼士

曼谷日與夜有著不同的景色，日間到訪天空步道的好處是可以看清楚市內每個景點，但最好避開陽光最猛烈的時間，我當日是早上 11 點左右來到，還不算太熱。該景點只開到晚上 7 點（最後入場時間為 6 點半），旁邊亦有個 SkyWalk bar，如果黃昏到訪可以在此飲杯酒，看看夜景。

唐人街藝文半天間遊

曼谷唐人街給人的印象是很古舊，遊客通常去吃魚翅、掃街頭小吃或買手信。跟世界很多城市一樣，曼谷近年都吹起文創風潮，既然這區有大量舊建築物，將之變成文青打卡區是可取的方法。既可保留建築物的外觀，又能吸引一眾對藝術文化有興趣的客群，著實可提升該區的格調。今次去唐人街不為魚翅，專程來看看塗鴉藝術，以及到訪區內的咖啡店。

唐人街的馬路沒有曼谷市中心那麼具規劃，步行時除了要小心睇車，在放慢腳步之餘，亦是個好機會去欣賞這區的建築物，多年來都沒甚變動，仿佛停留在上世紀五六十年代似的。

記得以前在未有智能手機的年代去唐人街，只能靠租車點對點，現在有智能手機地圖就方便得多，石軍路上的金佛寺就是唐人街的地標，繞過金佛寺，向著海邊的方向走，十多分鐘就到達噠叻仔區。

噠叻仔區內有條藝術小街 Talat Noi Street Art，説是「街道」，其實只是一條小巷，由街頭行到巷尾不用一分鐘。短短的巷子內，幾乎每一格都畫著不同的圖案，壁畫亦有多種不同風格，既有泰國本土元素，又有些充滿歐美街頭幽默風格的作品。

一面牆是美觀的塗鴉藝術，另一面就展示一系列攝影作品，目不暇給。明明短短的小街，都可以來來回回駐足很久。

當日遇上來自法國的單車隊，我雖然不是單車愛好者，但看著他們以單車來遊歷老街，都感受到那份衝勁，差點以為自己身處歐洲。

回到二百年前飲咖啡

走過藝術小街後，來到漢王廟，這是百多年前華人移居曼谷的早期地標之一，塗鴉藝術已經伸延至廟宇兩旁和對出的河畔，現代藝術跟傳統廟宇碰撞，非常有趣。

位處昭拍耶河畔的漢王廟，一走出去就是碼頭，當日天氣十分好，看看昭拍耶河的風景，的確心曠神怡，雖有微微海風，始終還是很熱，站了一會後，便決定去飲杯凍咖啡。

沿漢王廟向內街方向行，就找到幾間古老大宅改建而成的咖啡店。

Hong Sieng Kong 是一座有超過二百年歷史的建築物，見證早期華人移居泰國的歷史，現時改建成一座集餐飲和古董藝術博物館的園地。餐廳主樓非常寬敞，地下擺放一些古董擺設，室內種滿植物，做到綠化的效果。中庭的轉彎樓梯令人想起舊年代的東西結合建築風格，這條樓梯理所當然成為熱門打卡位。

沿曲折樓梯行上去閣樓，柳暗花明就見到另一間古董展覽室，內有另一批古董收藏品以及中式古董傢俱。

點了一杯咖啡和一客春卷，欣賞著室內的古物，還有現場音樂表演，唱著泰國現今的流行歌，古老與現代結合得很和諧。

餐廳亦有大片露天地方，又有不少樹蔭位置，拿杯咖啡走出去坐坐，看看河景，又有另一番寫意。

確實很喜愛這個集藝術和餐飲的地方，真的可以在此逗留半天，可惜叔叔份人比較花心，發現隔離有另一間古宅咖啡店，見異思遷，又走入去看看。

Taiyuan building 是另一座過二百年歷史的中式大宅，經過多年的復修後，現時變身成攝影主題旅館和咖啡店 Photohostel & Photocafe。

來到這裡，不其然令我想起以前看過的一些民初劇，幻想有位大少奶在上層呼喊，然後大少爺揸住把扇走出來，旁邊有兩個妹仔跟住，這些場景實在太經典了。日光日白，好彩只是幻想，沒有見到任何穿旗袍的「古人」。

點了一杯 Dirty，走上去閣樓坐坐，從屋內不同角度觀望，發現到不同的景致。

就這樣在曼谷唐人街逗遊留了大半天，行了很多路，又汲取了很多咖啡因，已足夠被療癒了。

曼谷唐人街既保留到街道和建築物的原貌，又賦予一種現代的年輕新衣，重點是整個社區的風格統一，而並非拆件式只保留某一幢，然後隔離又建幢新型大樓商場，那種得個殼的保育根本沒意義，跟整個社區連根拔起沒甚分別。

或者有些專家們會認為建新樓才得到最大的經濟效益，我就不懂這些，只想繼續去舊區閒遊飲咖啡。

小貼士

現時可以乘 MRT 到 Hua Lamphong 站再步行直達唐人街，由 MRT 出口步行約 15 分鐘到達噠叻仔區（Talat Noi）。

去過曼谷無數次，幾乎每次都會去翟道翟週末市集，就好像要定期入廟參拜一樣，而且每次總會買到些東西回來的。你問我是否好喜歡去翟道翟嗎？著實又不是，尤其最怕在日間又熱又人多的時候去，在露天的空間逛時，固然又熱又曬，就算走入室內亦不太好過，皆因有些巷子又窄又侷促。

翟道翟的鹹蛋黃

我其實不是喜愛 Shopping 的人，每次來到這個週末市集，一買到需要的東西，就想盡快走，只是有時候並非一個人來，便要遷就別人，等對方買完才一齊走。或者是年紀大了，再不想把時間浪費在這種等待上，寧願獨遊或各有各行好過。

去翟道翟通常都乘 BTS 到 Mo Chit 站，一出站就會望到翟道翟公園，最初期去市集都不會走入公園，只會繞過公園入口，就直接去市集，然後買完東西就乘車走。

記得第一次走入翟道翟公園是大約十年前，那次不知何故在市集買了超多東西，拖著大批戰利品離開前，想找個地方整理一下貨品，順便歇息一會，於是就走進這個公園。當時首次感到公園很恬靜，簡直跟隔離的市集是兩個世界，確實是一個放空的好地方。

相隔幾年，今次再去曼谷，對又愛又恨的翟道翟有點念念不忘，原本不在行程之內，臨時決定在週末下午去一趟。

疫情後初復常，翟道翟市集的遊客雖然多，但跟十年八載前的盛況差好遠，不過賣的貨品就差不多，加上現時的我對逛街購物已沒有年輕時的耐性，在市集很快就找到要買的東西，便火速地離開。

急住走的其中一個原因，是當日步出 BTS 時，已開始見到美麗的日落，比起去市集掃貨，這個「鹹蛋黃」更引到我注目。

公園內細味鹹蛋黃

來到翟道翟公園才大約五時多，公園內人流不算多，有些人在湖邊閒坐，亦有不少在跑步或散步，非常寫意。

在草地上找了個位坐，凝望湖中的噴泉，感受一份難得的治癒感。

坐了一陣後，沿著湖邊慢慢地行個圈，湖泊每個角度都看到日落，卻有不同的景致。

當日正值初春的花季，雖然未至於繁花盛放，但好多棵樹都開滿花，以往去曼谷都是吃喝玩樂為主，甚少有閒情去賞花，今次正好是個難得的機會。不止有花，還見到大樹上有隻松鼠跳上又跳落，相當有趣，令我不得不停下來欣賞。

原本目的地是去翟道翟市集，最終卻在翟道翟公園逗留了差不多一小時，如果當初不是想去市集，又可能未必會專登走進公園的。

世事往往就是出人意表，就正如你最初想追求一項目標，到頭來可能做了另一樣事情。當接受了人生的變幻無常，就好好活在當下，人自然會開心好多。

社交平台的出現，就衍生出打卡文化。作為內容創作者的一份子，我當然習慣隨處拍照，很多時一日拍幾百張照，但當中發佈的可能只是其中十幾張。打卡不全是為了發佈動態，有時只為追求拍照那一刻的快感，每當遇上具氣氛的場景，就好想馬上去拍個照打打卡，這種行為有少少像性衝動，但這種「性上癮」相對還是比較正面的。

咖啡店的「性上癮」文化？

打卡還打卡，拍照都要有「manner」，在餐廳場所內拍攝，我通常會望望前後有沒有人等候，亦會留意自己的位置會否阻礙其他人出入，如果真的影響到人，要馬上 Say sorry。這些看似是 common sense 的基本禮儀，原來很多人都不會做，所以理解為何有些店主會討厭網紅，其實乞人憎的並非拍攝這種行為，而是人的品行。

今時今日很多人去咖啡店都只為打卡，因此全世界都充斥專為社交平台而設的「網美咖啡店」。泰國近年亦出現超多打卡咖啡店，部份店更是遠離市區的，去一間這樣的咖啡店就像去一趟郊遊似的，除了得到「呃 Like」的滿足感外，又得到遠離城市的悠閒氣氛，心靈被治癒起來。

這間網美咖啡店 Bubble in the Forest Cafe 可謂曼谷今期的熱門之最，既有大量打到卡的美景，地點正是遠離曼谷市區，完全合乎我剛才所說的治癒系準則。

正確來說，咖啡店地點不在曼谷，而是位於佛統府。早上從曼谷市中心坐包車去，沒有遇上大塞車，大約 40 多分鐘就到達。

早上十時開始營業，當日在 9 時 45 分左右到達門口，店舖還未開門，已經有約十多人在等候，有些是即場登記等候入座。

一踏進咖啡店範圍內，立即明白為什麼要山長水遠前來，皆因環境真的美不勝收，與其說是一間咖啡店，著實更像一座迷你版的馬爾代夫度假村。

躺平做個廢老

咖啡店內全是包廂座位，全部都是飄浮在水面的仿茅屋，中央是特大的池塘，真有點衝動想跳進去池中，不過這個池塘只供觀賞，不能游泳的，我認為是整間店的最大不足。

在池塘來來回回行幾個圈，每個位都可以打到卡，就算像我般平凡的叔叔，都容易拍得帥。我當然是有備而來，為了認真地打卡，特地穿了花恤衫來襯個環境，令自己全身充滿熱帶氣息。

除了圍著池塘散步外，建議走上最尾端的兩層高小屋看看。從樓上望下去，就見到咖啡店的全貌，一排排包廂就在兩旁，中間池塘還有個小噴泉，泛起一個個漣漪，看來很治癒。

二樓側邊設有個網床，看似有少少牙煙，要小心地搵住竹桿才可安心躺進去，躺下來後卻是另一個天堂，望望藍天，望望池水，此時實在什麼都不想做，願望是躺平做個廢老。

來到這種度假村般的環境，似乎點一杯雞尾酒或特飲比較合襯，就叫一杯花茶梳打特飲，確實很有熱帶風情。

或者你會問，既然想去度假村的環境，何不索性飛去馬爾代夫，為什麼要找個偽 Resort 來打卡呢？

鬼唔知可以去馬爾代夫咩，去馬爾代夫需要幾多錢和時間呢？你去馬爾代夫都是打卡之嘛，不如近近地去曼谷打，加上這裡的餐飲不算昂貴，更可以找到悠閒的地帶，像瞬間逃離煩囂世界一陣，是一個較容易獲取到治癒效果的好去處。

小貼士

Bubble in the Forest Cafe 現時可透過官方 LINE 或 Facebook 預約，如想即場入座，建議選擇早上 10 點或之前到達，較容易拿到好座位。

剛才去了一趟「度假村」後，同一天順道去另一間同樣位於佛統府的咖啡店。這間 After the Rain Coffee & Gallery 同樣可以歸類為網美咖啡店，卻跟前一間有不同的風格。咖啡店建在河道上，並沒有太多的人工建設，像置身熱帶雨林般，被大量椰林所包圍著。

在熱帶雨林咖啡店划艇

以藤及茅草等自然物料為主搭成一間間屋子，整個環境充滿自然簡樸氣息，就算你不喜愛打卡，單單來享受綠色自然環境也是一件療癒身心的事。

座位全是倚著河道而建，仿如一個水上市場，又像在茅屋上用餐似的。

這店亦深明客人對打卡的要求，在食物設計上已顧及網紅們的要求。例如有一客「河蝦蝶頭花米粉配泰式辣醬」，藍色的米粉配搭蝦的白和紅，加上果仁和蔬菜，色彩繽紛艷麗，不但適合拍照，看著也食慾大增。

來這裡的主要目的不是為飲食，划艇才是主菜。

我自小都不擅長任何水上運動，其實對所有運動都很笨拙，當日看見別人好似很自如地划艇，於是便膽粗粗決定一個人玩。

落到艇才知一個人只分配到一支划槳，這支槳又不是獨木舟那樣的左右對稱，而是單邊槳，想問店員取多一支時，店員又不知走了去哪兒，點算好呢？

我一向有手腳協調的問題，要控制划槳已經不容易，既然已經下了海，唯有硬著頭皮划，笨手笨腳胡亂地划了頗久，在河道上 360 度兜兜轉轉幾個圈，仍是原地踏步，有時撞向左邊石，有時撞向右，如此地橫衝直撞了一段路後，似乎又開始掌握到技巧，終於略懂得怎樣向前行。

其實都幾像我過去的人生，學習進度往往比人慢幾拍，只是自問勝在有耐性，不怕跌跌撞撞，撞下撞下好多時又行出方向。

因拿著單槳，便要左右手不停輪流划，如是者划了很久都未去到河的一半路段，雙手已經很攰，不得不認老，就算幾有耐性都好，體力明顯有所不及，唯有半路中途折返回起點。

風雨過後就是陽光

「笑一下啦。」回頭時，見到當日一同乘車的團友在岸邊幫我拍照又替我打氣，原本孤身作戰的寂寞感，一下子消除了，笑容重新顯現起來。

雖然喜歡一個人獨來獨往，有時候都需要別人扶助及鼓勵，那管只是一個陌生人的笑容或豎起一隻拇指，都可以拯救到一個在沮喪邊緣的人。

大叔做了一輪運動後，需要休息一會，去輕鬆盪個鞦韆，然後飲杯泰式奶茶，讓身體回復活力。

除了喜歡自然美景和特別的划艇活動外，最喜愛這裡的是店名，After the Rain 就好比「風雨過後」，總會見到陽光的。

你還未見到太陽？請忍耐多一陣，堅持下去，準備定一副太陽眼鏡，好快你會見到燦爛的陽光。

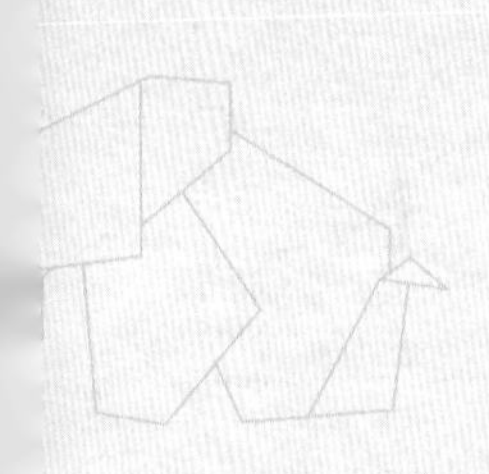

After the Rain Coffee & Gallery

在湖景咖啡店前冥想

曼谷西部的佛統府確實是網紅咖啡店的集中地，他們都有個共同的特點，就是面積大，而且環境優美，但每間的風格都各有不同，今次到訪第三間，Moo Yoo Rose House 賣的不是華麗搶眼的裝修，而是湖泊美景。

Moo Yoo 的地點離曼谷市中心很遠，在坐車途中，會經過一大片稻田，有一刻還以為會去到一個農場般的地方郊遊。咖啡店所在的地點卻並非農莊，而是在一個新發展的度假村內。

雖然身在泰國，建築物外觀給人的感覺卻貼近日韓式，全白色玻璃屋設計，室內裝潢簡約，正是近年在日本及韓國常見的風格。

比起之前介紹過的兩間，Moo Yoo 更著重咖啡，是真正一間供應多款咖啡的咖啡店，店內還售賣咖啡豆。咖啡店分成兩個區域，一邊售賣麵包和甜點為主，另一邊是意大利菜餐廳。到訪之時已是下午三點，早已吃過午餐，只想來飲杯咖啡，於是買了一杯 Americano。

咖啡店面向一個非常廣闊開揚的人工湖，當日天氣還算好，如坐在室內就白白浪費這個天色，便拿著杯咖啡行出去欣賞美景。

當望著湖面時，就明白為什麼用白色簡約風，整間咖啡店都是遷就個湖而設計，低調而不搶去湖泊的風頭。當日遊人不少，大多數人都聚集在咖啡店前面的高台上，有人瘋狂拍照，有的坐在湖邊，亦有人躺下來望向天空，不知幾寫意。

走上去二樓平台，望出去的湖觀更廣闊，相信黃昏的景色定會更迷人。

走出舒適圈吧

湖邊搭建了一條小徑，可以直行去湖中心的草地。行出去湖中心，再回望咖啡店，感覺就像走出「舒適圈」，正步向一個未知的地帶，那個地方可能無瓦遮頭，但風景可能會更美。你行的途中或會感到不確定，又會怕小徑濕滑而失足跌落水，當到達草地時，你會發現擔心是多餘的，那兒的風光比咖啡店內好更多。

人生有時要冒一點險去走出舒適圈，只要外面某處是你心入面好想去的地方，就應該嘗試去探個究竟。

就當日來看，肯行出安全區的遊客並不多，湖中心草地上的遊人稀少。你覺得是草，我就如獲至寶，想也不多想，就立即在此做個短短的冥想。

過去幾年在家的時間長，冥想成為了日常生活習慣，尤其在受傷休養的一年期間，每天都會做兩次冥想，分別在午飯後及臨睡前。通常會

開著手機音樂程式的佛系音樂，以一首首音樂為單位，有時只做一兩首音樂的時間，不要少看短短的冥想，有點像喝大杯水的效果，能夠快速地清一清心靈的腸胃。

我未試過在香港的咖啡店內冥想，並不是怕別人目光，而是香港的店舖環境太多干擾，好難集中精神冥想。有幸在泰國遇到這個寬闊而寧靜的湖泊，真的很適合冥想一會。

在草地上背向湖景盤著腿坐下，合上雙眼，今次就不用開手機音樂，有大自然的音樂作伴，聽聽水聲、風聲、鳥聲，又嗅到青草的氣味，一呼一吸，感受午後陽光射到面上，吸收美好的能量。

雖然只做了短短幾分鐘的冥想，身體已經放鬆了些，頓覺天空更光亮，遠道而來這間咖啡店，卻得到額外的收穫，真的不枉此行。

小貼士

佛統府的咖啡店距離曼谷市中心有一小時以上的路程，曼谷市面經常塞車，尤其在下午五時之後更嚴重，因此到訪這裡就要計好時間，如果夜晚在曼谷有安排活動，建議在下午四時前離開，通常可以在黃昏六時許回到曼谷。

天燈節和水燈節是清邁當地的傳統節日，在每年泰曆12月（即西曆11月）的圓月夜舉行，該節日傳統是為了在年尾時祭祀河神，祈求來年風調雨順，亦因是月圓之夜，不少人又當作為泰國的情人節。

人生清單之夢幻天燈節

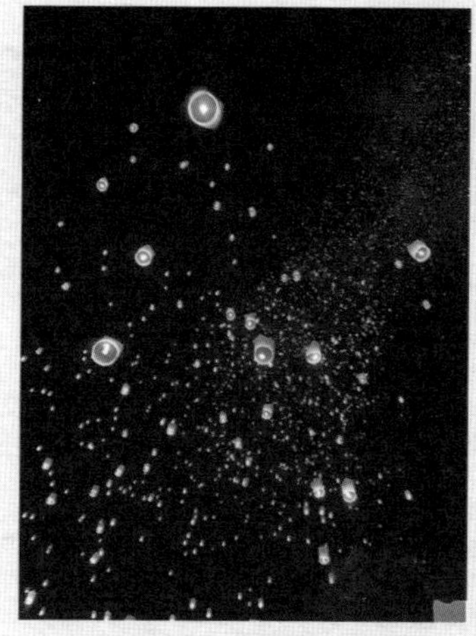

幾年前已經在網絡上看到清邁天燈節萬人放天燈的壯觀情景，深深被吸引著，我覺得人生應該要去看一次，於是把清邁天燈節放在願望清單中，終於在 2023 年願望成真，特地來清邁參加大型戶外天燈節活動，親自在現場感受到這份治癒。

參加的大型天燈節慶典活動地點在 The CAD Cultural Center Lanna Ethnicity，距離清邁市區約一小時車程，來到活動場地時大約下午四時多，已經感覺到萬人空巷的熱鬧情境，像參加一個大型嘉年華會般。

正式的放天燈時間是晚上八點後，之前這幾個小時，就在場內參觀市集、看表演和吃自助晚餐。

天燈節市集售賣泰國傳統特色的手工藝品，還有泰式小吃和手沖咖啡等。至於表演項目方面，就有多種不同的泰國傳統舞蹈和音樂表演。

自助晚餐供應不同種類的泰式美食，雖然不算很特別，但樣樣食物看來都不差。當日天色清朗，吃餐時又有音樂表演，間中會有煙花發放，場內氣氛相當輕鬆，令我不其然想飲杯酒，可惜場內並沒有提供酒類飲品。

放飛自我隨天燈升空

吃飽後，就去觀眾席就座，開始參觀天燈節活動，每個座位都安排了兩個天燈。

大會先安排傳統節慶表演，有豉樂表演，又有僧人誦經，為眾人祈福。表演完畢後，到了大約8時15分，就開始最重要的時刻－放天燈儀式。

當笨拙的我還在思考怎樣處理天燈時，已有很多熟手技工成功把天燈放上天空了，立即停低處理手上天燈，抬頭看漫天燈火的奇景，超級壯舉。

更震撼的是，當萬人放天燈的時候，大會立時放起煙花來，點點的燈火和璀璨的煙花交織成一幅七彩繽紛的圖畫。

此刻看到的不只是天燈和煙花，仿佛看到一片星空，我投降了，真的完全被治癒，畫面實在令人萬分感動。

回過神來，我的天燈還未放嗝，怎算好呢。一個人處理天燈實在有點難度，既要顧住擘開個燈，又要顧住點火，確實需要人幫手。或許真的物以類聚，當日座位兩旁的幾位參加者恰巧都是一個人獨遊，於是發揮守望相助精神，互相幫大家點燈。

大家互不相識，需要一些時間才找到默契，第一個天燈就因為未完全打開就心急想放手，突然燒著了，急忙將之掉落地，幸好並沒有灼傷任何人。

經過一次失敗後，跟旁邊的新朋友都開始學懂一些技巧，點火時要用手揚開燈罩以避免火頭接觸到，待空氣完全塞滿整個燈罩才可放手。在放手之前，先許個願，然後跟同伴一齊數三聲，才同時放手把天燈升起，終於成功放起天燈來。

看著天燈由自己手放上天空，感覺自己跟隨著那隻天燈一起自由奔放了，未知飄往何處，只知當刻很自由自在，無拘無束地遠飛。

人生不一定要有規則和方向，不必把自己框在一個既定的空間，不如隨風飄去，找尋屬於自己的更大宇宙吧。

小貼士

天燈節活動可在旅遊網站預先購票，活動地點遠離清邁市中心，大會設雙排車接載已購票的人士往返活動場地，但因參加人數實在太多，去程要排隊超過半小時才上到車，建議參加者提早到集合地點等候。

吸一口海拔 2565 米上的空氣

我不是行山愛好者，人生幾十年來都沒有上過超過一千米高的地方，說來慚愧，身為香港人，連香港最高的大帽山（約海拔 957 米）都沒有上過，只能讚自己是超級貼地，長期在低谷下生活，什麼人生高峰對我來說是完全沒有概念，因此，這次上去全泰國最高峰茵他儂山（Doi Inthanon）的海拔 2565 米，是人生的一個里程碑。

雖然說是挑戰高山，但今次的旅程一點也不辛苦，不用行很多山路的，因為乘車直接在清邁茵他儂山最高點附近停下，只要經山峰的小徑和木板橋走，大約十幾分鐘內，已經上到泰國最高點，該處有個 Thailand Highest Spot in Thailand 的木板，可以在此打卡。

既然對高度沒有概念，最好的量度指標就是看溫差。當日早上在清邁市區出發時，氣溫大約 25 度，但去到茵他儂山峰時，官方標記著當天早上錄得 7 度。當日陽光普照，但十分乾燥，行了沒多久後，身體開始抖震起來，幸好帶備了風褸，尚算保到暖。

如果想真正挑戰山峰，遊客是可以沿著山路在茵他儂山峰的自然步道行走，如在清晨時份來到，或者可以看到雲海。但大叔我恐怕雙腳捱不住，無謂挑戰高難度，只想輕輕鬆鬆去散步。

茵他儂山頂峰附近有個綠化公園，除了上佛塔要行樓梯外，公園內大部份範圍都是平路，最適合散步。

這麼近那麼遠的愛情

公園的標誌性景點是兩座佛塔，是慶祝前泰王普密蓬及詩麗吉皇后 60 歲大壽而分別建成的。雙塔一個代表國王，另一個就是皇后，塔之間隔著一段距離，要分別上落長樓梯才去到對面塔。兩者像在遙遠對望，可看守著對方，同時又保持到自己的私人空間，情侶選擇以這麼近那麼遠的距離來維繫感情，我認為才是現今最理想的愛情關係，是經營長久關係的必要守則。

雙佛塔的建築一絲不苟，連塔內外的壁畫都有高度的藝術美感，值得來來回回地去參觀。只要圍著佛塔繞一圈，就會發現每面的圖畫和佛像雕刻都有所不同，值得花很多時間仔細欣賞。

圍繞佛塔的綠色步道亦適宜慢慢細味，四周圍種滿綠意盎然的植物，如果春夏季到訪，或者會看到花開的盛況。

沿著步道行到公園盡處的圍欄，才頓覺自己真的身處高峰，一覽眾山小，定要呼吸多幾啖高山的空氣。而山峰旁邊則是依山而建的梯田，修剪得很整齊，猶如一幅田園主題的油畫。

或者有人會說海拔二千幾米算得什麼，三千幾米的富士山或更高峰的都大把人去過啦。其實所謂「最」高峰，跟自己過往比較就可以，不必跟別人比拼，就好像這天我來到海拔 2500 幾米，已經是人生最高峰了，是否可以再上高一點，就交給命運安排。

高峰只是一個停留點，高處不勝寒，在高海拔的地方空氣又薄，氣溫又低，大多數人都不可能長期停留的，不要過份留戀高處，當你知道好快就要離開最高點，然後返回地面，只要好好享受高峰上的好風光，記住來過就夠。

小貼士

溫馨提示，茵他儂山雙塔公園範圍內不能飲食，入去之前，記得多喝點水，及預先塗抹潤膚霜，以減低高山反應的出現，走動時就更輕鬆自如。

瓦吉拉坦大瀑布的禮物

在茵他儂國家公園的範圍內，除了登山外，還可以去觀看群山之中的多個瀑布，當中瓦基拉坦瀑布(Wachirathan Waterfall) 是最大的一個。

我很喜歡看瀑布，自細居住的地方，一落樓就正是香港南區著名的瀑布灣。記得小時候每當落暴雨的時候，不用冒險走去沙灘，在家的騎樓已經可以清楚望到瀑布，看瀑布是小時候容易得到的治癒時刻。當然，瀑布灣那條瀑布只是很微型的，但對於沒有見過世面的少年來說，那條已經是大瀑布了。

說回清邁的瓦基拉坦大瀑布，約 80 米高，如果驟眼看圖片，你可能覺得並不太磅礴，但來到現場卻有種很震撼的感覺。加上身處在大部份時間都炎熱的泰國，能夠看到如此的瀑布，就像在汗流浹背的時候喝一杯冰凍的飲品一樣，把身心都涼快起來。

到訪時是 11 月，雖然過了炎熱的季節，日間還保持廿幾三十度，來在瀑布旁邊不但暑氣全消，而且覺得涼浸浸，企了一陣後，覺得有點冷，但被微風和河水的吹襲，卻又有種很痛快的感覺，因此決定不穿雨衣或風褸，連雨傘也不開，就任由它吹一陣吧。

不同角度的景觀

瓦基拉坦大瀑布有上中下三個觀景台，幾個位置看瀑布都各有不同觀感，最上跟最底的分別較大。在最高的觀景台可以看到水流不斷向下的情景，而去到最底就看到瀑布從高處直落衝下來的澎湃磅礴全景。

觀看瀑布的時候，偶然看到彩虹，而且彩虹正恰巧是我行前到欄杆時出現，倍感興奮，我將之看成是上天帶來的禮物，恩然地接收這條難得的彩虹。

瓦基拉坦大瀑布雖然不是什麼世界大奇景，勝在不用攀山越嶺就去到，並可以近距離感覺到流水的拍打，好比自己身處在瀑布之內，無論怎樣風吹雨打都頂得住。世事如流水，每分每秒也在變動，只要保持意志堅定，便不怕被洪流捲走。

湄康蓬村慢活半天

在離清邁古城約一小時車程，有條超過一百年歷史的古老村莊湄康蓬村（Mae Kampong Village），如果認為清邁市內的節奏已經很慢，來到湄康蓬村，可用慢鏡兩倍速來行走。

湄康蓬村位處海拔約 1300 米的群山樹林之內，在 11 月的早上十點左右來到，當日氣溫低於二十度，要穿風衣保暖。村莊正因為被群山包圍，有大量樹蔭，給人一種遠離煩囂的隱世感覺。

時候尚早，遊人並不多，據網絡資料説遊人的高峰時段在午後，此時到達就正合我心意，可以靜靜地漫步這條古老的村莊。

湄康蓬村的商店街就在山腳入口處，比起其他旅遊景點的商店街，這條街的規模較小型。攤販以售賣小吃居多，當中不少泰北風味美食，亦有吸引年輕遊客的日韓式美食，還有賣手工藝品，貨品看來不算過份商業。

還未吃早餐，對這些小吃卻不感到興趣，好想找個地方坐低吃個飽，於是離開商店街，繼續向山上行。

隨便走走，就發現一間古樸建築風格的木屋餐廳，室內另有洞天，建在叢林之中的木板屋餐廳，是幾間木屋連在一起，整個建築群好像是一個小農場花園似的，種植很多盆栽，綠意盎然。

原本以為又是一間咖啡店，哪知道原來這間餐廳供應泰北家庭菜，便點了一杯咖啡和一碟泰式雞肉飯。食物和飲品都只是普通水準，不算難吃，合乎填飽個肚的要求，讓我有力可以繼續行。雖然食物不算特別，我卻很滿意這個被花草樹木包圍的木屋群，就好像自己身處山林之中，嗅到綠草和花香味。

吃得相當飽，便放軟手腳拖著緩慢的步伐向前行。湄康蓬村雖然建在山坡上，但坡度不算很斜，加上天氣乾爽，行起來倍覺輕鬆。

心中精采便是精采

沿途觀看村莊的屋子大都是木板屋為主，形成很統一的風格。感覺真正在此居住的本地人並不多，以觀察所見，大多數屋子都是商店或餐廳，有些屋子則以民宿旅館形式出租給遊客，相信在這個山林留宿會是一個幾好的體驗。

湄康蓬村的範圍並不大，行了沒多久，已來到山坡，見到幾間建在山上的咖啡店，每間都有個共同的特大賣點，就是俯瞰到整個村莊，隨便走進其中一間坐坐都可以。

來到咖啡店時客人不多，很容易就霸到個絕佳的位置，一覽整個被群山包圍的村莊，當日天色很藍，清楚地看到整個山林和村莊，給人很純樸的氣息。

原本想叫杯咖啡，正路打卡的照片效果會比較好看，但剛剛才喝了一杯，便決定改要杯凍茶。其實無論咖啡或茶，都只是陪襯，還是一樣的風景，一樣好看。

藍天白雲之下望望山林的風景，呼吸清新無比的空氣，並不需要其他活動，只沉醉於這個山谷之中，就這樣逗留了大約一小時，足以療癒身心了。

或者你會覺得湄康蓬村很無聊，我還聽過不少朋友説清邁好悶，又有不少人説京都好悶，但兩個都是我喜愛的城市，不知幾精采，一點也不悶。

人到中年後，應該奉行減法，活動數量不是遞增，而是要減少，重質不重量，像今日這種所謂的無聊，令我感到心境相當平靜。

香港人由細到大日常生活都排滿各式各樣的活動，好像一空閒就被説成浪費時間似的，就算處身職場環境，都要讓自己好忙好忙才叫做上進。著實日常生活很多活動都是多餘的，與其花太多時間去見無謂的人，開一堆無聊的會議，何不減少應酬，找個日子給自己無聊走走，對身心都更好呢。

Jing Jai Market 的早繽紛

去清邁旅行其中一項必做的就是行市集，因泰國日間天氣熱，才造就夜繽紛，很多個夜市而且晚晚都有。但清邁不只有夜繽紛，還有早繽紛，週末早上好熱鬧，因此要預留星期六或日的行程去逛週末市集。

眾多清邁週末市集之中，以 Jing Jai Market 的規模較大，人氣亦最高。其實 Jing Jai Market 內的長駐店舖每日都營業，只是週六日就加入更多攤位，還舉行有機農作物市集及一些現場表演。週末市集由 6 點半開始，我當日就大約 8 點半到達，來到時已經好熱鬧，但未至於迫滿遊人，行起來還是很鬆動的。

Jing Jai Market 的售貨攤位以賣飾物和手工藝品為主，女士們見到會歡喜，而我在此就完全沒有東西可買，乾脆去美食檔吃早餐好過。

市集內的美食攤檔眾多，到訪市集當日感冒初癒，雖然很多美食在前，但胃口不太好，唯有只選些簡單東西。隨意地選了一客班蘭吐司，只因見到青青綠綠的班蘭醬，立時感到很開心。我始終流著美食家的血，雖説沒有胃口，當見到美食又再度開懷起來，便多買一件蛋餅吃。

早上去市集飲咖啡是必然的事，原本想去美食車買咖啡，卻被場內一檔手動咖啡機吸引住，只因喜歡看咖啡師按壓手動機的過程，確實很治癒，可以當作一個表演項目來欣賞。那位咖啡師很認真去製作咖啡，但沖出來的咖啡並不是我喜歡的口味，只是風味搭夠。

Jing Jai Market 著實很文青，除了有攤檔售賣文創工藝品外，市集內亦有個展覽場地，當日正舉行藝術展覽，展出泰國本地藝術家的美術作品，不乏具啟發性的作品。

古法木槌按摩

飛叔年紀大加上當日狀態普通，逛了一會就想坐低休息一會，泰國的大型市集通常都有按摩服務，這裡都不例外，有一檔泰北特有的古法木槌按摩（Tok Sen），一節 20 分鐘才 250 泰銖，非常抵玩。

古法木槌按摩的泰文叫 Tok Sen，Tok 是敲擊的意思，Sen 則是人體的經絡，概念是利用木槌去刺激不同部位的經絡，從而促進血液循環，是一種結合古老智慧與科學的療法。

師傅先在肩頸部塗上香油，然後用木槌敲打肩膀及背部為主，力度控制得很好，不覺有疼痛感，而敲身體的聲音又好治癒，整個過程都令我感到很輕鬆，就像把我這塊硬石頭敲鬆一樣，將身體內多餘的東西敲碎。

新冠疫情令很多人的生活習慣起了好大改變，以我自己為例，現在夜生活比疫情前減少好多，或者亦跟年紀有關，早就過了夜蒲酒吧的年紀，現時就算約朋友吃晚飯，吃完後都不會走下場，連甜品店也少去，只想早點歸家。

像我這種生活習慣的香港人並非小眾，當很多跑友在清晨操練時，去推夜繽紛認真不設實際，夜繽紛不如早繽紛，早起做運動，然後像這天在清邁一樣逛早上市集，去吃早餐飲咖啡，才是新常態應有的「週末狂熱」。

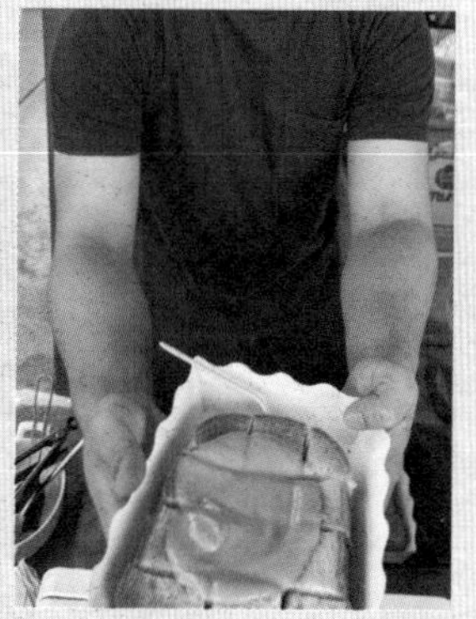

小貼士

Jing Jai Market 的攤檔很早開始營業，見有美食檔主在未夠 11 點已賣光並準備收檔，亦因中午後陽光猛烈，最適宜在早上 8 時至 11 時之間到訪。

近年定期都會去參觀大大小小的藝術展，偏向喜歡獨自去觀看，自己一個人去感受藝術，藉著欣賞藝術作品，多了對世界各種議題的反思，透過細味一些作品，往往又得到一些治癒的效果，令情緒變得平和起來。

藝術村的冥想繪畫

這次去清邁，其一目的是為了感受當地的藝術氣息，特地到訪一個著名的藝術村 Baan Kang Wat。其名字在泰文的意思是「寺廟旁的屋子」，位置附近有好幾座佛寺。

藝術村被樹林包圍，像一個隱蔽在森林中的小村莊，自成一角，是一個屬於藝術家們的國度。村內的屋子幾乎全是木板搭建而成，屋與屋之間距離很近，走路的通道有點窄，或者正因如此，就令店鋪間的關係更密切。初來到時，已經感到這條不只是藝術村，而是一個社區，店主互相會走去探望對方，看來相處很融洽。

小小的藝術村內，約有 30 多間店鋪，每間店子都有其獨特的個性，展示的作品都不同，有陶瓷、雕塑繪畫、流體畫、手作飾物、染布、盆景、編織、蠟燭等，亦有咖啡和美食店，既有售賣貨品又是展覽場地，貨品雖則不是什麼華麗精緻類別，卻足以令觀賞者感到目不暇給。

以觀察所見，村內大部份展示的藝術品風格都很正面，沒有一點暗黑類，就像平日在清邁見到的人一樣，感覺親切和善良，加上來到之時天氣很好，令這裡充滿快樂的氣氛。

藝術村內很多店子都設有手作坊，歡迎遊客去體驗，我決定選一間去玩玩。

召喚內心的小孩

偏向想玩繪畫，在村內逛了一會，碰見這間店 Yolanda Shop 寫著「Meditation Art Studio」（冥想藝術工作室），就是「冥想」兩個字吸引了我走進去。

店主説因泰國是佛教國家，所有藝術基本上都是跟 Meditation（冥想）有關的，冥想藝術並非叫人閉上眼去創作，只是要藝術家學習專注，用心去畫出自己的心意。

在此上一堂繪畫課，參加者不用由零開始畫，店主已經準備了一系列有齊劃線的圖畫草稿，需要做的是用水彩去填色。供選擇的圖畫大多是佛像及一些可稱之為禪畫的圖，就憑感覺選了一幅都幾複雜的佛像去填。不要以為填顏色好容易，你以為細路都懂嗎，要用水彩填到不出界，對於慣了做事急速的成人來説就有點難了。

自問不是急躁的人，偶爾仍會粗心大意，但畢竟由中學至今幾十年沒有認真地畫畫，水彩在日常生活中更近乎絕跡。於是決定用冥想的態度，邀請自己的內心小孩出場，去玩一樣童年時很喜歡的活動－填色遊戲。

佛像的線條又多又密，盡力很專注而細心地去塗，連店主幫我拍照時都沒有望鏡，但還是經常塗出界。原本想定了各位置的顏色組合，有些選色卻因為意外出界而臨時改動，於是唯有邊填邊補，幸好最後的色彩都是我大致想要的。

店主真的很懂說話，不斷讚美我的作品，其實正面的說話真的好有影響力的，原本覺得成品的質素好一般而已，聽了一輪稱讚後，再看看自己的作品又覺得不錯，只是太在意填出界這回事。其實出界與否並非重點，最重要是有用心去繪畫。這張就是自己的「心電圖」，至於反映了什麼，就由各位自行分析吧。

實在很喜歡這處藝術村的氛圍，很純樸而平和，這天透過藝術而獲得很好的治癒，令我內心填滿了喜悅。

小貼士

Baan Kang Wat藝術村逢星期一休息，個別店鋪的開放時間也不一樣，每逢星期日有市集，想感受熱鬧氣氛的話，可於週六日到訪。

Kalm Village 黃昏瑜伽和聲頻浴

今次到訪清邁另一條藝術村叫 Kalm Village，位於古城區的中心地帶。整個 Kalm Village 由 8 棟建築組合而成，設計揉合傳統泰式與現代風格，建築物還有中式瓦頂的特色。

藝術村的公共空間很充足，地下中庭是休憩區，擺放著設計風格的椅子，加上充足的距離，在 11 月不算太熱的天氣來到，好適合在此閒坐，用感觀去欣賞周圍的建築和花草樹木，確是賞心樂事。

走上一樓及二樓，每層都有同樣舒適的椅子，有瓦頂可遮蔭，可以坐多久都得，亦沒有最低消費。地下有咖啡店，大可以買杯咖啡，然後在庭園內坐下。

Kalm Village 是一個集建築、設計和工藝的園地，場內舉行的藝術展覽都是圍繞這些主題。整個藝術村的氣氛都很「Calm」，在此閒坐已經夠療癒了。我在此逗留了幾個鐘頭，不是只來齋坐，主要是為了黃昏的活動而來。

Kalm Village 逢週末常設有一節 60 分鐘的瑜伽課，星期日的一課還加入一節 30 分鐘的頌缽聲頻浴，只要在官網上預訂，就可以在星期日來一節療癒身心的課堂。

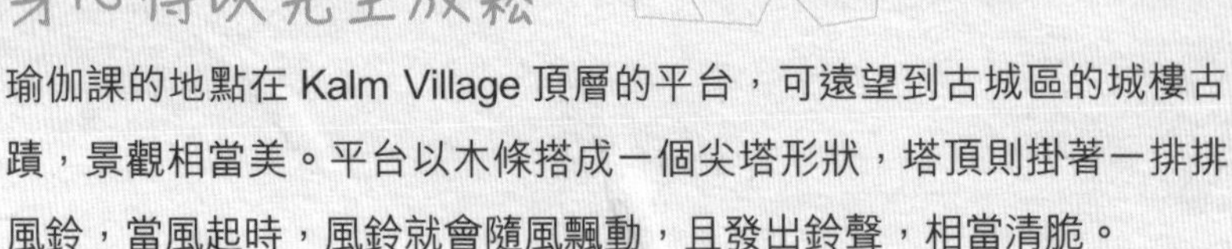

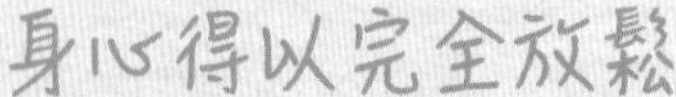

瑜伽課的地點在 Kalm Village 頂層的平台，可遠望到古城區的城樓古蹟，景觀相當美。平台以木條搭成一個尖塔形狀，塔頂則掛著一排排風鈴，當風起時，風鈴就會隨風飄動，且發出鈴聲，相當清脆。

我不是瑜伽常客，説來慚愧，連一套瑜伽服都欠奉，惟有換上平時健身穿的衣服來上課。

瑜伽愛好者一向以女士居多，這堂亦不例外，男士成為少數。瑜伽動作比較著重柔軟度和韌性，這些都是女士們較容易掌握的，其實男士亦需要鍛鍊柔韌度，要練到身體和心態上能屈又能伸，以適應現今社會的轉型。

當日的泰國導師亦知課上眾人似乎大多不是瑜伽高手，先引領我們做一些伸展後，才循序漸進式指導不同難度的動作。

我都算做慣健身，現時每天早晚亦慣常做拉筋，但個人的柔軟度則有待改善。此外，腳傷雖然大致痊癒，但受傷那隻腳仍然未完全恢復，做單腳站立或者屈腿等動作時，就顯然撐不到多久。身體的傷患是不能改變的事實，唯有在可以控制的範圍內盡力去做。從另一角度去看，相比很多嚴重意外的傷者，我還可以站起來，已經是大幸了，應該感恩。

縱然動作做得不完美，總算順利完成了一小時的瑜伽課，中間沒有放棄，亦沒有偷懶，頓覺少少成功感。

接著的半小時，瑜伽導師就運用水晶頌缽來幫我們做一次聲頻浴。躺下來，閉起雙眼，讓整個身體放鬆，完全沉醉在清脆的音頻內，期間去到半睡半醒的狀態，任由思緒飄來飄去，當導師叫我們起來時，還以為只是過了約十分鐘，原來已經是 30 分鐘了，足證自己相當放鬆，達到良好的療癒效果。

完成瑜伽和聲頻浴後，已是黃昏六點半，古城區的夕陽十分美麗，令人神往不已。這刻，我感覺心境比未進來前更平靜，跟這個藝術村的名稱一樣，「Kalm」。

淡定，不一定有錢剩，至少令人思路更清晰，就會有計解決問題。

很喜歡乘火車，小時候住港島區，覺得新界是個很遠的地方，每次乘搭以前叫九廣鐵路的東鐵綫都覺得像去旅行。我見證過香港由舊式火車轉變成電氣化火車的年代，對舊式火車有種獨特的情懷，但印象中一直都坐得並不舒服，當慣了坐舒適的火車座椅後，再不可能返轉頭了。

美工鐵道市集做鐵膠

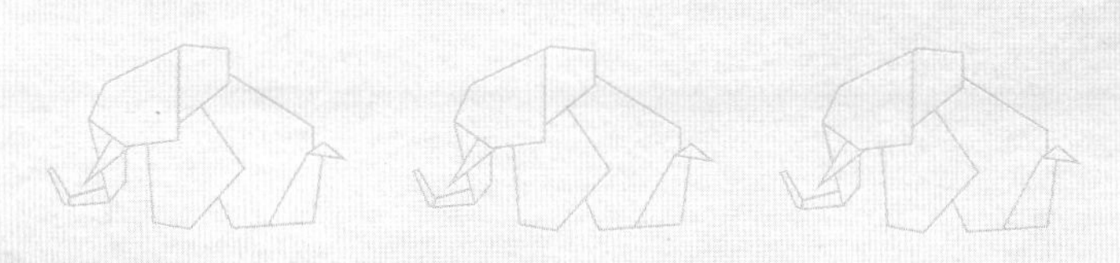

成年後對火車失去了熱情，屯馬線開通都沒有令我興奮，或者因為在香港是生活而不是旅行吧。反而每次去外地旅遊時，當見到列車來臨，會感到相當興奮。

泰國有個火車市集，不是指曼谷市內那些，而是位於曼谷西南部龍仔厝府美功鎮的美功鐵道市集，這才是真正在火車軌旁邊的市場，亦真的有載客列車駛過，因而吸引很多為看火車而來的遊客，包括我在內。

到達美功市集時，導遊說距離火車到達還有至少 20 分鐘，於是先沿著火車軌逛逛市集。

美功市集雖然是超多遊客的旅遊景點，售賣的東西卻很地道，美功鎮本身是一個老舊的小鎮，這裡是當地居民的一個傳統肉菜市場，有劏魚、鮮肉、蔬菜水果、糧油雜貨等，都是平時在市集慣常看到的情景。

相信大部份遊客來這裡都並非為購物，而是為火車而來，在火車未到站的時候，很多人已急不及待地在路軌上瘋狂打卡了。

慢有慢的好處

美功鐵道市集的吸引力除了因為有真火車駛過外，兩旁的攤檔擺放亦是一個值得細心觀看的奇景。路軌兩旁的攤檔地方淺窄，在火車未到時，攤檔的貨品幾乎排到去路軌上，又因為泰國天氣熱及不時下雨，攤檔上面便要有簷篷蓋住。

當火車將近駛到時，會有咚咚聲響起，此時檔主才會施施然地收拾貨品和簷篷，待火車駛過後，又回復原來的樣子，整個收拾過程確是很有趣的情景。

見檔主已收拾好貨品，遊客們都站在路軌兩旁，霸好靚位，正等待火車駛過。這刻終於明白「羅同學」的心情，原來看火車駛過真的很興奮，我這位梁同學也臨時化身為「鐵膠」。

據當地人說，在市集未成為熱門旅遊景點前，火車會駛得比較快，現時因有大量遊客，為滿足遊客打卡的需要，火車在市集路段中會駛得非常之慢。

慢有慢的好處，令兩邊的觀眾感到較為安全外，又一定可以近距離打到卡，而且可以跟火車上的乘客揮手，無論是車外和車廂內的人，在整個過程中相信都會得到療癒的感覺。

這班火車的終點站會在海傍，先在美功市集的車站停留較長時間，就是為了讓遊客們有足夠時間跟列車合照。

見到火車，大叔也回復了一點童稚，有一刻覺得自己回到童年時，唱著「小明小明小小明，上上下下左左右右前前後後，火車捐山窿」。這份童稚是很需要的，令人重拾純真的心，尋回最簡單的快樂，亦是令心境保持青春的好方法。

小貼士

美功鐵道市集地點距離曼谷市中心約兩小時車程，出發時宜先查看火車到站時間表，或參加當地一日團，以便準確地計劃行程，如果錯過了看火車駛過，就白白浪費整個活動了。

大城的吳哥窟看到希望

柬埔寨和緬甸的吳哥窟亦在我人生願望清單之內，很仰望這些獨特的古建築群，加上電影《花樣年華》中，主角周慕雲在吳哥窟洞口埋藏秘密的一幕太印象深刻，令我也好想去做同樣的事。可是，近年兩國有太多不穩定因素，為安全起見就不宜到訪，得知泰國大城有類似的建築，於是棄難取易，拜訪一個從未踏足過的古城。

位於曼谷北面的大城 (Ayutthaya)，又名阿瑜陀耶大城，是泰國一個歷史非常悠久的古城。在 14 世紀開始的大約四百年期間，大城是當時泰國的首都，後來皇朝交替，兩個朝代之後輾轉才遷都至曼谷。

這個曾經繁華的「大城」，古時不斷跟鄰近的高棉（現時的緬甸）交戰，因此當地建築有著高棉帝國的風格，但戰事頻密就令這個原本充滿佛教色彩的城市不斷遭受炮火摧毀，大城中很多建築物都化成一片廢墟。

世界近年吹起保育風，大城在 1991 年被聯合國教科文組織列為世界文化遺產，對於喜歡看古蹟和探廢墟的遊客，極推介去遊大城，是作為泰國深度遊之好選擇。

在大城的首個到訪景點是柴瓦塔蘭寺（Wat Chaiwatthanaram），始建於 17 世紀，據説是當時國王為紀念母親而建的修道院。正正就是吳哥窟的建築風格，非常宏偉。

既然來到幾百年古蹟面前，不如就穿上古代泰服扮穿越吧。柴瓦塔蘭寺景區入口的對面馬路，就有好幾間提供泰服租借的店鋪，入面的款式頗多，女士會比較多花樣，男士就只選顏色就夠了，而男士配飾也簡單。泰國天氣熱，傳統服飾卻以長袖為主，不過就比較鬆身，穿起來也不會太侷促。我並沒有皇帝樣，穿起古裝也不像貴族，反而覺得像位將軍或武士，自覺都有點氣勢。穿著古裝，就去柴瓦塔蘭寺漫步。

出家做僧侶

在一眾大城古蹟當中，柴瓦塔蘭寺是保存得較完整的建築群。泰國是佛教國家，柴瓦塔那蘭寺整個建築群內，會見到不少佛像的足跡，分佈在不同的角落。亦有些佛像在寺廟塔內，受到戰火加上歲月的摧殘，現在已經難得看到佛像的原貌了。有些佛像甚至被毀成無頭，令這裡添加了一份落寞。

既然穿上泰服，就想像一下，如果我身處五百年前的泰國會怎樣？或者物質沒有那麼豐富，不知那時是否已發明芒果糯米飯呢？我覺得只要在泰國吃到芒果糯米飯已經好幸福了。不過，通常在戰事頻繁的地方，男人多要上戰場，如果有得選擇，我或許會出家做僧侶。

離開柴瓦塔蘭寺後，便換回現代的裝束，來到另一個古蹟－崖差蒙空寺（Wat Yai Chai Mongkhon）。

崖差蒙空寺初建於 1357 年，是大城府最古老的建築物。有別於柴瓦塔蘭寺，崖差蒙空寺至今仍有僧侶在此居住，是一個仍然活躍的古蹟，

可見其生命力相當頑強。主佛塔混合了錫蘭和印度寺廟的建築風格，而圓底尖塔的形狀，從底下望上去頓覺非常宏偉而莊嚴。

遊客可以從佛塔的階梯步行上去參觀，階梯有點崎嶇不平，畢竟佛塔的年代已久遠，唯有放輕腳步，小心翼翼地慢行，以免失足。行到佛塔的高處，不妨望落去地下，可以想像以前修行的僧侶，那種刻苦耐勞，或許，耐性是修行人需要的特質。

雖然不在柬埔寨的吳哥窟，我都決定在大城找了個洞口埋藏了一些心底話，就讓它長留在古城裡。

大城的古蹟看似像廢墟，卻給人一種生生不息的感覺。世界就是如此奇妙，當你以為今次一定全軍覆沒的時候，卻有些人不但捱得過，而且長期屹立不倒，最後勝利往往就是最命硬的一位。在大城看古蹟，我看到的是希望。

小貼士

提示打卡的遊客，切勿把自己個頭放在無頭佛像後面拍照，據當地人說這樣在泰國是對佛像無禮的舉動。

2023 年 9 月去泰國之時，正是緬甸 KK 園事件鬧得最熱哄哄的時候，大眾不但對緬甸聞風喪膽，連鄰近的泰國也被殃及池魚。偏偏今次去的北碧府正是貼近緬甸的邊疆位置，朋友紛紛提示要小心一點，亦有人更勸告我不要去。

走過北碧死亡鐵路桂河橋

今次參加當地一日團去北碧，全程由導遊帶領下遊覽景點，加上就是為了「死亡鐵路」而來，我早就經歷過死亡邊緣，如果連死亡都不怕，試問還有什麼可怕呢？

由曼谷出發，大約三小時才到達北碧府，首先到訪的景點就是原名泰緬鐵路的死亡鐵路。

命名為「死亡鐵路」，除了因為鐵路建在懸崖峭壁上，外觀給人危險的感覺外，其建造亦是跟死亡兩字連上關係。這條泰緬鐵路是在二次世界大戰期間興建，目的是方便打仗時往來泰國和緬甸。鐵路不但在建造期間死傷無數，建成之後亦用來運送戰俘，當中不少戰俘因戰事而死亡，因此，這條名副其實是送死鐵路。

二次大戰結束後，泰國跟緬甸交惡，泰緬鐵路從此已經不能通往緬甸，只在泰國行走。這條充滿歷史故事的鐵路，已成為旅遊景點，在 Thamkra Sae 車站段的路軌在沒有行車時，就給遊客散步和打卡。

當日來到死亡鐵路時下著大雨，便穿上雨衣，冒著雨踏上「死亡」之旅。雖然建在懸崖峭壁上，其實路軌不算太窄，因路面濕滑，步行的時候仍要小心翼翼，放慢腳步地一邊看路軌，一邊看河景。步行途中，沒有怎麼奇異或可怕的感覺，反而有種踏實感。

雨勢還是很大，只行了一半，便要掉頭走，並沒有去到「死亡」的盡頭，卻從「死亡」回到人間。

哼著布基上校進行曲

行完路軌之後，就上列車，在車上穿過這條死亡鐵路。列車的車廂老舊，又未至於是古董那種。列車行走時，頭和眼睛要不停地兩邊移動，皆因兩邊的風景都大不同。一邊就是在懸崖上，雖然看似險要，又像坐慢板的過山車般，而且又看到河景，感覺相當有趣。

另一邊對著山景和田野，給人一份極空曠的氣味。在安全情況下，可以稍為伸個頭和手出去山景那邊的窗，感受下郊野的清新空氣，此時剛好停雨，一陣陣涼風吹來，份外涼爽。

泰緬鐵路另一個著名景點是桂河橋，亦是跟戰爭和死亡有關。在二次大戰期間，桂河橋多次被炸毀，死傷無數，現時這條桂河橋是日本戰後送給泰國的戰爭賠償。

提起桂河橋，第一樣想起的並不是戰爭，而是美國經典電影《桂河橋》入面首主題音樂《布基上校進行曲》，記得以前電視英文台經常重播這套戲，對劇情沒有深刻印象，反而因為家父一聽到首音樂，就跟進吹口哨，因而這首音樂自小已入了腦海。

電影講戰爭，首音樂卻異常地輕鬆，當這天終於踏足桂河橋時，完全沒有想起戰爭，內心卻奏起這首音樂來。一路行過桂河橋，一路在心裡吹起口哨，相當愉快。

在桂河橋上漫步了一會後，便去橋邊的碼頭，準備乘長尾船遊覽河道一趟。坐上船遊覽，首先就會穿過桂河橋，在橋下看河堤的風光，欣賞河畔的景物，藉此了解北碧這個古城多一點。

這天在北碧走過死亡鐵路，又跨過戰爭大橋，得來的不是什麼慘痛經歷，而是一些懷舊情趣，加一些寫意。

走過北碧死亡鐵路桂河橋

講開死亡，自然想起自己跟死亡擦肩而過的事件。兩年多前的一個早上，我一時誤判馬路情況，一衝出馬路就被轉彎的車撞到，並被撞至飛上半空然後連打幾個空翻，才跌倒落地，當然身體多處都受了重傷，但仍然有知覺，於是躺在地上不慌亂等待救護車，心裡面在叫了一聲「大鑊了」。

心入面叫自己冷靜，已經發生了意外，怎樣急躁都於事無補，又確實知道自己的肉身還在，那就決定不去想傷勢，亦害怕一動身體就會痛，不如不動，等醫護來急救。事過境遷之後，覺得仍算不幸中之大幸，還算好的是只撞向一架的士而非大貨車，首先跌落地的是腳而非頭部，否則可能已去了鬼門關那邊。

面對突發事件，叫人冷靜處理確是説就易做就難，或者惟有做幾下深呼吸，並想想自己還有生命，那麼其他危難已經不是最重要了，人生其一重要課題是學習在任何處境上都表現到「從容不迫」。

第三章

香港療癒

ICU 斷食之旅

人生涼茶

Go with the flow

催眠治療初體驗

頌缽療癒激發生機

獨自去禪食

慈山寺「執葉」自療

守得雲開見主教山配水庫

嘉頓山的夕陽

薄扶林尋牛記

華富邨瀑布灣回鄉探親

ICU 斷食之旅

ICU (Intensive Care Unit) ，香港慣常譯作「深切治療部」，相信看過港劇的觀眾，都經常聽到 ICU，通常劇情一講到某角色「入咗 ICU」，病房外的親友便會呼天搶地，做戲嘛，當然要誇張一點，但如果入 ICU 的是你自己，又會怎樣反應呢？

前面提及過 2021 年 9 月的一次交通意外，被撞至倒地後，我被送往瑪嘉烈醫院救治，因右腿腳骨出現斷折，而且出現嚴重浸血，頭、肩、手等多處都受傷，需要盡快去施手術。在等候做手術的幾個小時期間，只能躺臥在病床上，用眼睛和耳朵來感覺環境，看著醫院內人來人往，藉此亦分散了自己的注意力，讓自己不要去想身體的狀況。

在等候入手術室的大約幾個小時之內，我被推去不同的治療室檢驗各樣指數，期間不只一個醫護人員跟我說：「你今日很出名，上了即時新聞」、「哦，原來是你，剛才在 YouTube 看到片」、「我睇過條片，小心呀，兄弟。」

原來有車 cam 拍下了我撞車的整個過程，影片馬上被網絡瘋傳，因此在幾個小時之內，那宗交通意外就成為了當日的香港網絡熱門新聞。不過，幾熱門都不關我事，除了苦笑外，都不知應該點回應，只能躺著乖乖地等做手術。

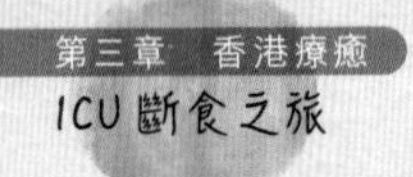

一碗粥的療癒力量

手術需要做全身麻醉，當醒過來後，我已經做完手術，並躺在 ICU 病房裡面了。當時鼻孔插著喉，並吊著鹽水，身體多處貼著紗布，最重傷的右腿則用厚厚的繃帶包紮著，醫護告知手術完成，右腳安裝了鈦金屬和螺絲，一郁動就有點痛，唯有盡量都不動身。

那時手機和財物已放回到身邊，不過手機已經無電，而且連拿起手機都乏力，便被迫「數碼排毒」，索性當作什麼事都與我無關。既然醫護已代我通知了家人關於入院和手術的事，便安心休息。就這樣地，我在 ICU 度過了一夜。

可能因吃了麻醉及止痛藥的關係，當晚在 ICU 睡得好好，亦因 ICU 房內病人不多，而且都是重症，不會喧嘩及四圍走，加上當時還是疫情期間，病房內外都沒有訪客，因此病房顯得非常寧靜，比好多酒店房還睡得舒服。

不過，沒有人想長期在 ICU 過夜，而且香港公立醫院資源有限，不容許在 ICU 逗留很久，第二天下午當血壓回復到較佳水平後，我便被轉往普通病房了。

轉病房後，仍然不能進食，要繼續吊鹽水。當日意外前都未吃早餐，數來超過 72 小時沒有吃東西，應該是我人生最長時間的「斷食」，期間雖然沒有食慾，腦裡卻思念著食物的模樣。

到了入院第四天早上，終於可以進食了，還記得第一餐的主食是粟米豬肉碎粥。醫院的食物不用估都知是非常清淡的，但當吃下第一口粥後，感覺卻是嚐到人間美味般，當時身體軟弱乏力，拿著匙羹也顯得手震震，還是拼命地一口一口地吃光那碗粥，估不到一碗粥的療癒力量竟大過所有藥物，感覺相當滿足。

如是者，在醫院住了 12 個晚上，由軟餐吃到正常餐，由全天躺在床至到可以用輔助器行幾步，猶如一趟長途旅行。以前甚少離家超過一星期，這次因受傷而度過的「悠長假期」，旅程實在畢生難忘。

這趟「ICU 之旅」改變了我對很多事情的看法，尤其對食的追求，沒以前那麼計較。出院之後，我最想吃的，是一碗皮蛋瘦肉粥，有粥吃其實已經好幸福了，希望大家好好珍惜食物，也好好保重身體。

人生涼茶

大病就當然要去看醫生，若只是少少頭痛、打幾個乞嗤、臉上生粒瘡，我就不會專登去見醫生，有時候會選擇「佛系」，什麼都不管，讓個病自癒。除了買成藥外，飲涼茶是一個傳統而良好的治理方法。其中一個原因令我仍然喜愛住在香港，就是容易找到涼茶舖。外地遊客來香港旅行，我認為咖啡奶茶或可以不飲，卻一定要飲杯涼茶。

記得小時候看到父親每當飲啤酒時，他就會説這是「鬼佬涼茶」。父親年輕時的五六十年代，香港年輕人的確是當涼茶舖是像酒吧般的華人社交場所，把涼茶當成啤酒一樣的消閒飲品，實則啤酒怎會有涼茶的功效呢？

不過，老竇這個「鬼佬涼茶」的觀念自細入了我腦，長大後有時都會認為吃熱氣東西要飲啤酒降火，其實都不是完全錯的，但我還是喜歡去涼茶舖多過酒吧，至少比較靜。

到了九十年代，香港出現好多間主打龜苓膏的連鎖店，有些兼賣甜品，當成甜品店般經營。那時不少人真的覺得吃龜苓膏能醫百病般，當年有朋友更建議要連續食三日龜苓膏才對傷風感冒見效。到了後期，有傳媒揭發有些店的龜苓膏沒有龜板，就好像牛丸沒有牛肉一樣，原來一直相信的童話都沒有真正出現在世上。之後已經很多年沒有食龜苓膏了，並非全因龜板問題，只因想不到有什麼需要去吃。

除了龜苓膏外，飲得最多的涼茶是「野葛菜水」。第一次飲野葛菜水是差不多三十多年前，那時在灣仔已出現一間叫「三不賣」的店，家母當年簡直是該店的忠粉，而我當時都覺得野葛菜水好好飲，亦可能是年少時心浮氣燥，又太多壓力，連飲幾碗之後，真的覺得紓緩了不少，確有下火的功效。

後來該類店愈開愈多，單是灣仔都有好幾間，其中「葉香留」都是以前常光顧的店。不知是否個人口味轉變，總覺得近年的野葛菜水味道明顯淡了，或者是人愈大，再不那麼單純，不再覺得飲兩碗就會止咳，有時只不過是路經灣仔，便買杯野葛菜水，純粹為了念舊而已。

祝你每天都飲碗「涼茶」

飲涼茶的習慣到今天仍未斷，這次在右眼生了大粒瘡，又想飲碗涼茶治理。某日路過紅磡，碰見一間涼茶舖，店名好佛系叫「釋觀堂」，能遇見都是有緣。門口展示好多種類的涼茶，我看了一會，都下不了決定去飲哪一款好。

店主非常眼利，一看我隻眼就知應該要什麼，她説幫我「配茶」，即是度身配置適合我的涼茶。像調酒師一樣，三兩下之後，就遞了一支茶給我，並叮嚀第二日再來。於是我總共來了三日，光顧飲了三支後，眼瘡確實是漸漸消退了。

可能你會認為，就算不去飲涼茶，眼瘡三日後都會逐漸好轉的，但難得有店主表現得那麼暖心，就接受別人的好意吧。

飲涼茶也好，看醫生也好，都需要一份正念，只要你堅定相信會醫好，自然就會好轉，中途的擔心其實是多餘的，擔心只會令病情轉壞，這些是我過去兩年因傷患而學懂的道理。

套在人生亦一樣，每個人定期都要服用一碗「苦口良藥」，該「藥方」可能是別人的一份鼓勵，或一個擁抱，就算只是換來一丁點解渴的效果，都足夠去轉念而成為正面的催化劑。

祝你每天都得到一碗「涼茶」。

火 潤喉止涸
葉香留
灣仔馳名
葉香留
野葛菜水
羅漢果茶
清熱下火 潤喉止涸
野葛菜
羅漢果
水
茶

三不賣
野葛菜水

灣仔馳名 清熱降火野葛菜水
總店 葉香留 潤喉止涸羅漢果茶
清熱下火 潤喉止涸
灣仔馳名
葉香留
野葛菜水
羅漢果茶
葉香留
GIVE WAY
讓

Go with the flow

近兩三年來，因身體受傷、疫情及事業轉變等多種原因，令我對 Spiritual（身心靈）的事情增加了興趣，在家不時會觀看相關題材的影片，期望療癒到自己的心靈。我認為是頗有效的，透過觀看別人的分享，加上自學一些冥想和靜觀技巧，感覺自己的能量強了許多。

我亦很相信吸引力法則，只要持續地堅信及執行自己的信念，冥冥中就會連結到一些跟自己理念相近的人。身邊有些朋友都是在疫情期間開始發展身心靈有關的事業，包括一位多年好友 Franco，他在 2021 年創立了「梵高爸爸心靈藝術學院」，我當然不會錯過向他學習的機會，就跟他上了兩堂心靈藝術工作坊。

酒精墨水畫

雖然心靈藝術有「藝術」兩個字，其實不必任何藝術基礎都可以做到，只要帶個心去上課就可以。

導師會講解怎樣開始畫，首先選取喜愛的墨水顏料，建議最初不要選太多隻色，兩隻色為止就較好，否則就會好混亂，但畫的途中可以加色的。選好顏料後，就點在膠片上，然後點幾滴酒精，及用工具擠出空氣來。期間會見到墨水化開，便可以隨自己心意去再畫。導師説心靈藝術畫並沒有所謂美與不美，目的只不過是透過畫畫來疏理自己的情緒。

初次體驗酒精墨水工作坊是在 2022 年秋，當時身體傷患剛好大致痊癒，正準備重新開展事業，個人信心還未完全回來，很多雜亂的思緒積在心中，當專注地看著酒精墨水的點滴，凝視墨水在膠片上化開時，仿佛一切擔憂都同時化開了似的。

畫出來的作品某程度上都反映自己的心態，導師見到我的作品時，就認為我內心似乎被塞滿了太多東西，有太多不必要的負擔在內，需要清空一下。或者他説得對，當時確實需要多些放空，去掉心靈上的垃圾，才可以令自己可以再吸收新的東西進去內心。這次的酒精墨水繪畫療癒到我當時忐忑不安的心。

黑紙點描曼陀羅

不久之後，終於重新開關，我去了幾次旅行之後，放開了心扉，自覺心境上輕鬆愉快了許多。

相隔半年，又再來跟梵高爸爸上另一堂「黑紙點描曼陀羅」工作坊。

黑紙點描曼陀羅是由日本藝術家大迫弘美老師設計的曼陀羅藝術，透過繪畫的過程去探索內在，認識未知的自己。這種繪畫藝術有助緩解焦慮壓力，並提升想像力和直覺力，對審美愉悦感的培養亦有幫助。

黑紙點描曼陀羅玩法很簡單，只要在畫滿圓形的黑色紙上，由內圈開始至外圈，點上色彩就可以。要在圓圈內繪畫，看似很有規則和框架，實則上卻非常自由，喜歡用什麼圖案都可以，沒有人會批判，完全跟隨個人意念而創作，藉此訓練到個人的專注力和創作力，情緒亦變得平靜起來。

畫出來的作品同樣都反映到個人的性格和心態，似乎經過半年後，我的能量場明顯地改善了，作品充滿顏色和活力，似乎代表自己很喜歡作出多方面的嘗試。

心靈藝術教我學會的，除了是專注力之外，還有一句話叫「Go with the flow」，有順其自然的意思，不必擔心畫出來的結果會是怎樣，亦不用刻意去控制，多些聆聽自己的心聲，宇宙自然就會帶領你去一個美麗的世界。

梵高爸爸心靈藝術學院社交平台

Facebook / IG:@francopapa.academy

傷患初癒時，對發展新事業仍有一點懷疑及焦慮，心裡面有些不安，好想試試催眠治療，看看能否療癒到我心靈。跟一些朋友說想去試做，有朋友勸我最好考慮清楚才好去嘗試，怕催眠後會見到一些神怪東西。不過，我認知的催眠只是一種心理治療工具，就像按摩或冥想一樣，著實並不神怪。

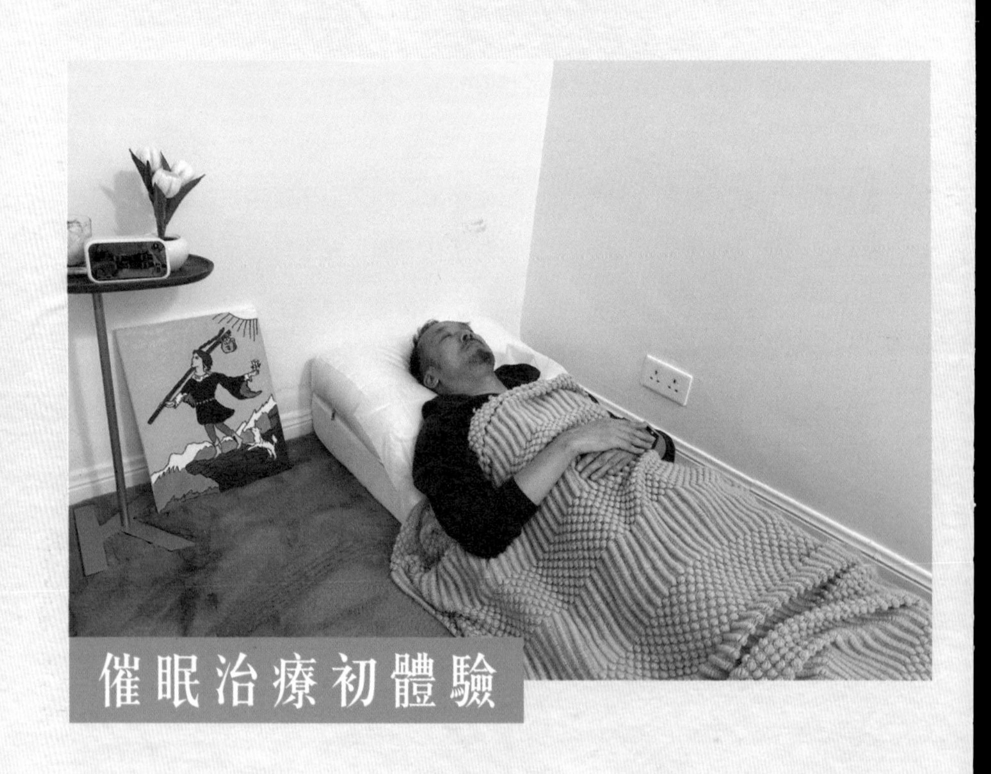

催眠治療初體驗

吸引力法則又見效了！早前碰見了一位好久不見的朋友，傾談間才知她在過去兩年不斷進修身心靈相關的課程，更考獲了催眠治療師、心理諮詢師的資格，並在觀塘開設了間身心靈工作室。既然「咁近城隍廟」，不如就去她的工作室求番支好籤。

以往催眠工作室給我的印象仍是佛洛伊德那種，即是病人要坐在長椅上，心理醫生就拿出陀錶來，一路望著陀錶的擺動，數三聲就自然閉上眼，就這樣被催眠。今時今日催眠治療也可以很隨意，就好像到訪的「靈魂小孩」工作室，給人的感覺完全不像一間治療室，而是似一間很適合傾偈談心的小房間，氣氛容易教人放鬆。

催眠治療分很多層面的，今次初來嘗試，催眠治療師不想我在首次就去治療創傷，著實自問又沒有好大的心理創傷要治理，就算是之前的交通意外，都未導致在心理上產生好大創傷，最大的後遺症是有時會害怕過馬路而已。來這裡目的只不過想讓自己心境平靜和放鬆，催眠治療師就用這個目標來幫我療癒。

意識遊走安全地帶

首先躺下來，讓自己身體用最舒服的姿勢放鬆，並閉上雙眼。催眠治療師就開始一步步帶我走入潛意識中，例如叫我推開門，逐步落樓梯，數到十聲時，就引領我去一個自己認為會感到舒服的地方。

進入該地方後，運用NLP「次感元技巧」，包括視覺（V）、聽覺（A）、感覺（K），感受那個地方的環境和所有東西，例如聽到什麼聲音、看到什麼影像、有什麼感受，並叫我在那個地方好好休息一會。催眠治療師之後就會逐步帶我回到現狀，再慢慢張開眼睛。

我剛才每一步都是在有意識的情況下跟隨催眠治療師的指示去走，但當去到「安全地帶」後，又開始不跟隨治療師的指引，思緒自動飄了去很遠，當治療師有指示叫我回來時，才如夢初醒般回到現實。

催眠治療師說這個情況其實已經是進入了催眠狀態，而過程中我又找到自己覺得很安全很舒服的地方，呈現的安全地方就是童年的居所。

催眠治療師又說，如果覺得該地方是個人的安全地帶，日後如果遇上傷痛的事，不妨也閉上眼返回這個地方，就會令自己得到療癒。

對於初次的催眠體驗，整個過程令我感到很放鬆，當然這個只是入門級別，如果真的要治療創傷，就不是那麼簡單做到的，宜先跟催眠治療師好好溝通後才進行。

完成催眠後，身兼占卜師的店主還幫我用塔羅占卜，從中都得到一些啟示，令我更堅定去重新發展自己的事業，之後怎樣實現目標，就要靠自己了。

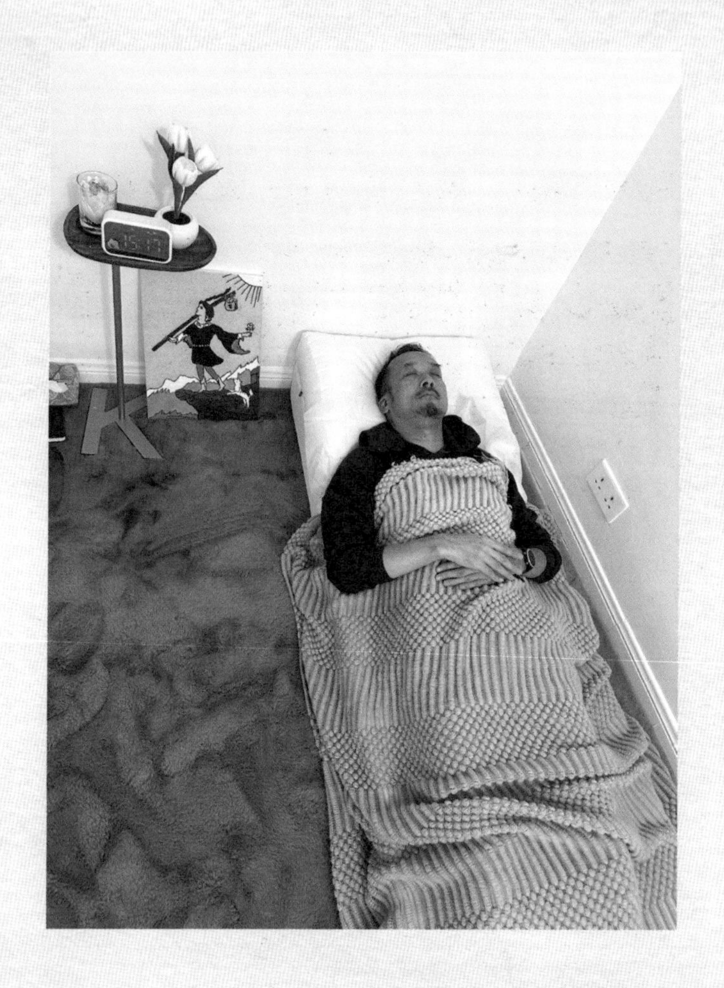

靈魂小孩

IG: @spiritual_awakening_healing

頌缽療癒激發生機

頌缽（Singing Bowl），這種最早流傳於西藏及尼泊爾地區的金屬製品，在古代是喜馬拉雅山當地居民日常用來盛載食物的器皿，亦是僧侶們使用的樂器。直至上世紀六十年代，西方人發現頌缽的聲音能產生不同的聲頻，認為有療癒身心的作用，於是將之融合在聲音治療系統內。

因疫情及社會事件的影響，很多香港人近年有著不同程度的情緒問題，頌缽於是在香港愈來愈普遍，現時不少人每當談起「身心靈」，就馬上聯想起頌缽，彷彿頌缽已成為身心靈類別不可或缺的一部份。

我只是近兩三年才接觸頌缽，在疫情期間，因長時間要獨個兒留在家工作以及養傷，有時候感到前路茫茫，致令思緒不寧，於是上網聽一些頌缽的音樂影片，確實幫到自己心境變得平靜起來。

早前跟朋友閒談時提到想進一步了解頌缽治療，朋友轉介認識頌缽治療專家 CK Lee，結果有緣來到他的工作室，體驗一次頌缽療程。

CK 原本是一位專業攝影師，近年開始鑽研頌缽，其工作室位於葵興一幢工廠大廈內，室內擺滿數十個不同款式的頌缽，還有個大銅鑼，整個環境的氣勢相當強大。

在開始頌缽治療之前，先跟 CK 傾談了一會，我告訴 CK 之前的意外受傷詳情，以及現時的心理狀態等等，他了解我的狀況後，就因應狀況而調節今次的頌缽治療流程。

利用音頻打開脈輪

開始前，先躺下來並閉上雙眼，然後治療師把不同大小的頌缽包圍著我的身體，令我由頭到腳全身都感受到頌缽的聲頻。

頌缽的擺放是有程序的，每行有 7 個頌缽代表人體的 7 個脈輪（即是身體的能量中心），身體脈輪由下至上為：海底輪、生殖輪、臍輪、心輪、喉輪、眉心輪和頂輪，各代表不同部位器官的健康狀態，頌缽的作用就是利用音頻去打開脈輪，消除各脈輪的負能量，從而達致心理和生理的平衡。

在頌缽療程期間，我完全沒有理會身旁的頌缽，只專注著呼吸，思緒雖然跳來跳去，但很快又回到呼吸之上。期間聽到不同距離和音頻的頌缽聲，亦有巨大的銅鑼聲，頌缽完全沒有碰到身體，但音波卻令身體不同部位震動起來，尤其中途強烈感覺到肚皮在跳動。

除了聲音外，覺得更奇妙的是顏色變化。雖則全程閉上眼，初期看到是一片黑色之中浮現紅光和黃光，到了後期，黑色畫面卻變成整片白光，中間飄浮著黃色的光圈。據治療師説，黑色光代表身體內藏著負能量，當心裡接受了療癒，便發出代表淨化的白光，顯示負能量開始消除。

療程期間，我脱下了手錶，連手機亦不放在身邊，讓自己完全享受其中。完成整個頌缽療程後，一張開眼睛，頓覺四周的環境光亮了許多，思緒亦變得更清晰。

之後，治療師 CK 示範怎樣敲打頌缽和銅鑼，我亦即場試試敲打，發覺並不如想像中的清脆，可能是自己的身體未夠放鬆，手勢很硬，敲起來的聲音便顯得繃緊，證明頌缽聲音真的能夠反映敲打者的狀態。

雖然只做了一次療程，不能確定是否治療到痛症，但確實帶來清理負能量的療癒效果，這次體驗亦讓我對頌缽治療有深入的了解，感謝治療師的悉心安排。

CK Lee
網站： www.cklee.hk

吃素其實不只是素個口，還要素個心，能夠做到口和心合一，才是修行的最高境界。恕我未能抗拒到各種食物的誘惑，只能間中素一素，收一收心，已經是對自己身心的一種調和。

獨自去禪食

「禪食」是一種修行的方式，禪食除了是靜靜地吃素外，還包含仔細地咀嚼，即是好好地感受你正在吃的東西。在家當然可以進行禪食，尤其我這些獨居人士，靜靜地食飯早已成為習慣，但如果出到街都可以完全不作聲，才是一種對個人的考驗。

深水埗大南街近年已成為一個獨特的文藝社區，有好多咖啡店，亦不少賣藝術和生活品味的個性小店，其中這間「余地」卻不只是提供素菜的食店，而是一間多功能的身心靈場所，主要賣的是「靜」。

來到店門前，已經告訴你這是個寧靜場所，請輕聲細語。當進入店內，便立即感到一股寂靜的氣氛，室內大半的座位是坐地的，像日式榻榻米那種，或者正因為是日式才會讓大家自動收起嘴巴，否則如果換轉成茶餐廳的桌椅，客人就會不其然大聲説話。

到訪時，店內只有兩枱客人，其中一枱是兩人對坐的，以我觀察所見，他們全程都沒有交談，但又並非冷戰那種，看不到兩人的抱怨或黑面，果真是無聲勝有聲。

不只是客人靜，店員都好靜，點餐時跟客人的對談都是好輕柔，感覺比圖書館更細聲。

進入寧靜的禪食境界

「余地」採用自助方式，除了要去櫃檯點餐之外，店員基本上都不用去服侍客人，自己去取餐，吃完後把餐盤交回，這些也是修行的一部份。

食物方面，店內供應的都是純素或稱為祼食（Raw food）。祼食簡單來說是通常以約攝氏 45 度以下來烹煮，而且不會用奶製品，以自然的方式來吃食材的原味。純素或祼食又並不代表沒有味道，因食材本身就有天然的味道，只是人類習慣多加調味而已。

我就點了一客「簡單麵」，以胡麻味噌做湯底，湯汁比想像中濃郁，又有其他蔬菜例如車厘茄、青瓜、豆腐、紫菜、木耳等，另加了素炸花枝丸。淋上頗大量蔥花和芝麻，客人亦可要求走五辛。此外，另加一客甜品「抹茶紅豆磅蛋糕」，以及一杯冷泡茶。

既然是來體驗禪食，於是快速地拍好照片後，便放下手機，在吃餐時決定完全不掂手機，只專心去吃。原來當專注吃東西時，才會嚐到各種的味道，以及食材的質感，只因完全沒有其他的干擾。如果以餐廳

來分類，這裡就屬於「慢餐店」，一切都來得很慢，不用急著吃，自然地一啖吞完才一啖，最後完全吃光它。

對我來說，在餐廳內默不作聲是完全沒有難度，實在好怕太嘈吵的食店，每當遇到鄰座大大聲高談闊論時，而且說的都是沒養份的癈話，或者滔滔不絕地吹噓自己有幾勁，我心裡面都想叫人收聲。因工作應酬，有時避不開跟「嘈喧巴閉」的人吃飯，唯有自己出少句聲，以免再加大聲浪。因此，我是愈來愈喜歡一個人吃飯。

收聲，傳統智慧說是積點陰德，如果你想日行一善，好簡單，只要收起兩句廢話就得。

小貼士

余地定期有活動進行，要確知營業時間，宜瀏覽官方 IG:@yudei.hk。

慈山寺「執葉」自療

大埔有座慈山寺，一直以來都要預早至少一個月登記才可進去參觀，能夠去得到參學的人，應該都算是有緣人。終於在 2023 年 2 月，才首次有緣入到寺。

慈山寺依山建成，在整個寺廟設計上，建築跟自然很配合，樹木分佈得相當有序，亦修理得整齊而有美感，單是靜靜地觀看樹木，已經很療癒了。很喜歡觀看傳統中式的磚瓦，個人認為最佳的觀景位是在大雄寶殿門外，一望下去，便見到廟宇頂的磚瓦跟樹木的和諧融合。

寺內有好幾個水池，有標示該處的水不宜飲用，寺方也不建議大家用池水洗手。不妨靜靜地望著水池內泛起的漣漪，水在不經意地流動，就像塵世間所有事物一樣，都是如水般不斷變化，但又生生不息，當你了解到這點之後，對世上很多事情就不會太容易動怒。

相信不少人是為看觀音立像而來訪，觀音立像在整個建築群的中心，幾乎行去每個角落，都望到觀音像。在每個不同地方，望到的觀音像都有所不同。行至觀音像前，最好繞著觀音菩薩行一轉，步伐宜放慢，眼睛不必刻意定定地望著某個地方，亦不用思考太多，好專注地行，真的能夠令到內心平靜下來。

佛教藝術博物館

慈山寺內還有一個必去的景點，就是「慈山寺佛教藝術博物館」。進入前，首先要在大堂觀看一段關於佛教歷史的短片，然後才進去博物館。博物館內的珍藏相片相當豐富。

從每一件展品中，除了欣賞不同年代的藝術風格外，亦透過作品而了解到人類歷史。在眾多展品中，我最喜愛一件名為「佛陀的微笑」，看著令人感到心情開朗起來，自然發出微笑。

佛教有很多值得學習的哲理，去寺廟就是一種對世事的參透，亦可以當成是一種文化藝術的深度遊，這天在慈山寺一遊，撫慰了心靈，實在不枉此行。

山林療癒

之後大半年，去過日本和泰國很多寺廟，心靈得到更多的療癒。回到香港，相隔一年再重訪慈山寺，現時遊客多了許多，寺廟內顯得非常熱鬧。

今次特地來參加「慈森· 山林療癒」活動，同樣要在官網預約的。「山林療癒」其實跟「森林浴」同義，是透過五感去靜心感受山林，跟大自然建立關係。

去年在宇治大吉山就用自學的方式，獨自嘗試了一次輕度的森林浴，感覺良好，好想來一次有專人帶領的群體森林浴，體驗共修的力量。

今次來到慈山寺，就正是在導賞員（或稱為陪伴員）的帶領，跟一群共約十位的學員，一起在山林中療癒。

未進入山林之前，導賞員先帶領我們在寺廟內的一個角落坐下，做一次幾分鐘的靜觀，期間合上雙眼，感受四周的氣息。雖然當時有不少遊人，亦有鳥兒的叫聲，以及樹葉被微風吹起的聲音，只要把重點放在後者，遊人的聲音就不會成為干擾。

接著，引領來到一般訪客不能進入的小徑，兩旁種滿桃花樹，到訪時還未開花，相信二月就會變成桃花園。賞花與否非重點，來到要做的就是放慢腳步，並跟一草一木互動，不妨摸摸樹葉，抱抱樹木，感受大自然的氣息。

行至山林中途，眾人停低坐下來，在山林中冥想，這次跟大自然更為貼近，加上當日天氣晴朗，陽光透過樹林照射在身上，仿佛整個人化為樹林的一部份。

活動最尾部份設有一個小遊戲就是「執葉」，要我們隨感覺地執起跌落地上的樹葉，然後學員們齊齊把執到的葉放在一起，便形成一幅美麗的圖畫。

山林療癒活動進行期間，學員之間基本上不用談話，只以微笑來溝通，大家都好安靜地行，最後有個分享環節，讓各學員談談感受，原來各人都因不同的緣故而來到這裡，短短的相遇都是一種緣份。

透過在山林中接觸植物，令我更體會到什麼是「無常」，花開花謝，樹搖葉落，大自然有其永恆的定律。當你意識到人類都是大自然的一部份時，對人和事的突如其來改變就不用太過悲傷。

人當然有情感，這是不能逃避的，只要明白「無常」，就不用沉溺於悲傷之中，哭一場之後，就要好好平復心情，繼續好好生活。

慈山寺
網址： https://www.tszshan.org

守得雲開見主教山配水庫

今日的香港竟然還保存到羅馬式建築，而且是百多年前建成的，單是這點，已經足以吸引我去參觀稱為「主教山」的石峽尾前深水埗配水庫。

又名窩仔山的主教山，這個山坡底下的前深水埗配水庫由 2021 年起被確認為一級歷史建築古蹟，配水庫本身就是個奇蹟。配水庫於 1904 年建成，即是 120 年，原本是一個真有實際功能的配水庫，供應食水給九龍區居民，百幾年前的平民哪會在意什麼羅馬式建築，有飯食有水飲就得。

隨著人口增多，加上設施老化，這個配水庫早已成為過氣的「廢老」，不止被人遺棄，而且日漸被封存在山坡上，雜草叢生，變成一塊草地，仿佛是一位深居在地底的隱蔽長者。

或者就是因為被埋藏在地底，令他得以捱過香港幾十年來的各種風浪，年前終於因一次整理工程毀壞意外而被曝光，又正好是香港大眾保育意識抬頭之時，主教山終於守得雲開見月明，這個故事真的很勵志。

今次上主教山，除了當作古蹟深度遊外，亦有種像探訪一位年過百歲的命硬老人一樣，想汲取一些人生智慧。

上主教山並不難，在石峽尾站步行去山腳，只需幾分鐘，但在山腳就要踏上百幾級樓梯，才去到配水庫的入口。我現時行得快過好多人，百幾級對我已經沒有難度。

配水庫被發掘後，建築物外面就用鋼鐵和玻璃窗築起圍牆，當走落樓梯時，有一種去工廠視察的感覺。或者有人會覺得加建的樓梯及鋼鐵骨架跟古蹟格格不入，但我卻幾鍾情這條樓梯，看來有點像去藝術館的模樣。

穿越時空回到古羅馬

由樓梯行下去進入配水庫的一刻，像霎眼間穿越時空，回到古羅馬。配水庫內的羅馬式拱形天花、歐洲式紅磚和花崗石柱，看來真的幾宏偉，實在好難想像香港居然會有這樣的建築物。

這個「古羅馬」沒有羅馬浴湯，並不會見到光脫脫的阿部寬現身，不過，都可以幻想自己是古羅馬戰士的。在拱門石柱群來來回回，行來又行去，有時逃離一下現實，幻想一下穿梭古代，都未嘗不是一件治癒的事。

説去一轉主教山就當成去羅馬就似乎太誇張，但「羅馬非一日建成」卻是永遠都用得著的金句。如果你覺得自己努力做好多事情還是徒勞無功的話，只不過時機未到，記住你都是自己的傳奇，是獨一無二的，只要用心建成你的「羅馬」，總有朝會被人發掘。

我都是中年才開始追夢，現時對人生仍有很多遠景，年紀只不過是一個數字，白了頭都可以繼續去實現目標。不過，為了確保自己捱得過炎涼世態，便要像配水庫一樣加建鋼材，即是豐富你的閱歷，讓你看世事更透徹，同時亦要保持身體健康，千祈不要放棄。

小貼士

參觀主教山配水庫可於香港水務署網站預約日期及時段，到時帶著確認的二維碼到入口登記處就可以進場。

預約網址：https://www.waterconservation.gov.hk/tc/ex-sspsr/index.html

每個社區都需要一座後山，讓區內居民可以迅速逃離家中，藉著登上山坡而得到片刻的安靜。對很多深水埗區居民來說，相信最佳後山非「嘉頓山」莫屬。這個小山頭位置接近深水埗市區，而且較香港很多山頭為之容易行，更大的吸引力是山上望下來的深水埗區街景，以及遠望的夕陽，因此而成為當區的熱門景點。

嘉頓山的夕陽

自從住在長沙灣區之後，久不久都會上來這個俗稱為「嘉頓山」的喃嘸山。每次都懷著不同的心情上來，多年前試過一段時間失業，覺得在家有點苦悶，於是間中就行上來放空，讓自己減減壓。亦有次因達到一些個人目標，而決定上嘉頓山當慶祝。

2021 年那次交通意外之後，莫說行上山，連上落樓梯都舉步艱難，那段長達半年有多的揸拐杖生涯，真的畢生難忘。在復康期間，超過一年沒有登上過嘉頓山，雖說嘉頓山只是矮山坡，但對有腳傷的人來說就未免有點難登了。

2023 年初，傷患大致痊癒，想考驗自己的腳骨力，決定重上嘉頓山。康復初期，腳骨力和全身整體力量都跟受傷前有一段距離，行上去時有點喘氣，惟有慢慢逐步小心地行，中途稍為停一停，最終都行到上山，藉此為自己的康復而慶祝。

嘉頓山的夕陽

563 級的歷煉

很多人都說嘉頓山易行，究竟要行幾多級才上到山頂？來到 2023 年年底，身體比之前更好，就再上山，並順便數一數梯級，由石峽尾美荷樓起步，看看上到嘉頓山頂總共要行幾多級。如果沒計錯，數到總共 563 級，比原先想像中多好多，還以為只得三百幾級。早前到訪 398 級高的富士山新倉山淺間公園時，還戲言要挑戰難度，原來自己之前在香港已挑戰到了。

多得社交媒體的打卡文化，往嘉頓山看夕陽這回事，早已成為香港的打卡好去處，每日的夕陽時份，都吸引好多市民和「龍友」前來觀看。

我並非每次都在黃昏上山，以前試過一大清早上來做運動，當年因要準備馬拉松比賽，也在早上特地來跑石級練斜度，但在大部份時候，都是在黃昏前上來，目的就是為了看日落。

這天雖已到深秋，仍有點熱，幸好算幾乾爽，加上天色明朗，是上山看日落的最好時機。想看日落就要先上網看看當天的日落時間，宜預早少少時間上來，霸定個好位，不妨做一陣靜觀，然後靜心觀看日落的情境。

近年深水埗及長沙灣區多了很多高樓，但在嘉頓山上仍可以望到少少青嶼幹線，我最喜歡看著太陽在青嶼幹線徐徐落下，然後在橋下消失。

夕陽雖然無限好，卻是美得很短暫，惟有捉緊美好的時光，也就不要想東想西，過去的就讓它過去，只看當下好了，盡情享受當下的美景，才無悔今生。

薄扶林尋牛記

我在華富邨長大，鄰近的薄扶林村就像一位經常碰面卻又從來沒幾句偈的鄰居，有點神秘但並不可怕。而我跟村民最接近的時候，是每年的中秋節，皆因薄扶林舞火龍會舞到來華富邨的瀑布灣。

在其餘日子裡，薄扶林村只是我乘車路過的地方，偶爾去置富花園時，又會順度在村口望望，心目中覺得只是一處普通的民居，並沒有意慾專登走入去，著實我根本不是一個冒險者，自細都好細膽，又怎會無端端走入人家條村呢。

至於薄扶林村對面的山頭就更加神秘，自細已得知該地是牛奶公司的牧場，但在我懂事之時（80 年代中期），牧場已經關閉，而山頭上那間「大宅」更是傳聞中的鬼屋，每次由馬路望上去，都覺得有點陰森詭秘，是一個不敢接觸的地帶。

後來香港大眾開始醒覺要保育古蹟，不但薄扶林村入選為世界歷史遺址，連對面幾間所謂的「鬼屋」，即是伯大尼和牧場，分別被列為香港法定古蹟及一級歷史建築。

我早已遷出華富邨，自此漸漸淡忘了這位神秘鄰居。人到了中年後，就好自然喜歡懷舊，拼命想尋回一些日漸失落的記憶，藉著到訪古蹟去療癒自己。於是，這天特地來一次過探索薄扶林村、薄鳧林牧場和伯大尼，有點尋根的意味。

今日的薄扶林村看起來，跟我少年時的印象相若，屋子保留了原本的寮屋或鐵皮屋模樣。據村民説，近年亦改善了渠務。因此，這條接近 300 年歷史的村落雖然古舊，卻仍然是一條很具活力的村。居住在此的村民也並非只有長者，到訪當日見到不少年輕人和少數族裔出入，亦看到藝術家的塗鴉足跡。

當日跟隨導賞員走上村內山頭的最高點，見到有些類似牛棚的足跡，原來以前是牛奶公司牛棚的遺址，可惜當年的人沒有保育意識，在 80 年代清拆牛棚時，就將大部份磚牆拆毀了，現時還依稀可見到少少牛棚的足跡，當然已沒有牛隻出沒了。

拜訪伯大尼鬼屋

再繼續行，便見到有流水的「龍池」，此處是薄扶林村的盡頭，再行上去就是太平山。而這個龍池的水原是是由太平山流進來，再經此流進瀑布灣，原來我自細看到的瀑布是經此流通的。

走過薄扶林村之後，就過去對面的神秘「鬼屋」地帶，首先上去山坡上的「伯大尼」。具新哥德式建築風格的伯大尼，建於 1875 年，當時是法國傳教士的療養院。近年復修後，教堂就成為熱門婚禮場地。當日只能在門外拍照，都感覺有種完全不似香港的歐陸風情。

伯大尼主樓旁邊的一排排古典洋房，就是以前的牛棚，現時成為香港演藝學院的第二校舍。不妨想像一下百幾年前的環境，一邊是修道院和教堂，一邊是牛棚，牛牛不但在山頭通處走，又擔當了療癒傳教士的角色。

伯大尼下底就是「薄鳬林牧場」，即是以前牛奶公司高級員工宿舍的地方，亦是薄扶林村村民的後花園。據説英國人最初在此成立牧場是出於善意，希望當年體質較弱的華人多飲牛奶，從此牧場跟村民緊密相連起來。

華洋共處是香港（或者應該説舊香港）的特徵，連建築物本身都中西夾雜，牧場的西洋建築加入中式瓦頂，確有獨特之處，值得細味。

薄鳬林牧場雖然面積不大，最大優點是面向大片海景，怪不得傳教士們會選擇在此山頭安養晚年，風景超療癒，確實是一個非常好的放空地點。

這次在薄扶林一遊，就好像在幾十年後重遇鄰居的感覺，時至今日終於有機會好好了解這位神秘人，並沒有什麼鬼怪，內心卻有點釋懷。而透過遊古蹟，亦了解到一些被忽略的歷史，香港以前不只是漁村，還有個大牧場。

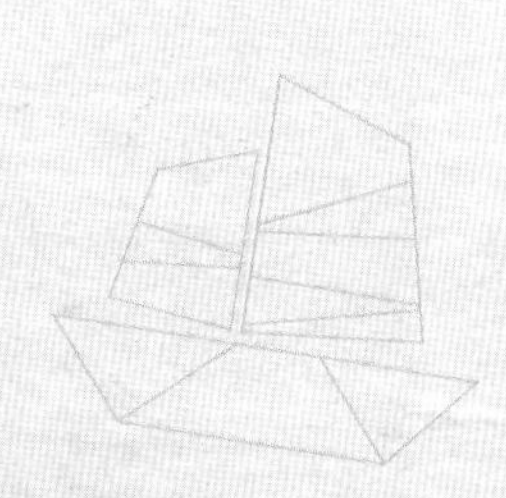

小貼士

訪客如想參觀薄鳬林牧場及薄扶林村，可預約參加導賞團及工作坊。

網址：https://www.pokfulamfarm.org.hk/

早前接受催眠療癒時，催眠治療師引領我去一處覺得很安全舒服的地方，並說日後如果遇上不快時，不妨也閉上眼返回這個安全地帶，就會令自己得到療癒。而我的安全地帶就是童年住過的華富邨居所，一個曾經住了廿多年的地方。

華富邨瀑布灣回鄉探親

香港人經常用「返鄉下」來形容去日本，雖然我當京都是另一個家，但真正的「故鄉」依然是成長時期生活的華富邨。可是，我現時在華富邨已經沒有戶籍，不能再踏入舊居了，但每隔一段時間都會心思思想回去屋邨走一趟，以懷緬一下舊時的種種。

疫情加上身體傷患，超過四年沒有「回鄉」了。不過，個心仍在那裡，既然一切已經復常，於是決定趁年尾回去華富邨一次，就算只在瀑布灣公園散下步也好。

好多人都想買間坐擁無敵大海景的靚樓，我覺得自己好幸運，一出娘胎就可以住在面對壯濶海景的廉價居所，而且完全無遮無擋，樓下就是瀑布灣公園了。每當大風大雨時，在家中都會聽到海浪聲。當行出「騎樓」，無無聊聊望住個海，望下對岸南丫島發電廠「三支香」，看著潮漲潮退，不時又看到大船甚至航空母艦經過，不知幾療癒。

今日終於再來到瀑布灣公園，整個公園的格局大致上跟舊時一樣，只是記得以前公園門口有個牌匾，家姐與我在此拍過照片，可惜那牌匾早就被拆去了。

華富邨的外星人

以前未有安全意識，公園內沒有那麼多圍欄，可以很輕易地走下去斜坡和沙灘，現在社會進步，什麼都要安全至上，公園內到處建起高高的圍欄，驚死人會跌落去似的。或者因以往太多意外發生，自細都聽過不少傳聞，瀑布灣沙灘確實淹死過好多人，亦有不少人在此跳海自殺，因此就算以前沒有圍欄，我都不敢在潮漲或狂風大雨時落去沙灘。

瀑布灣公園當然有瀑布，聽說在百多年未建薄扶林水塘之前，這條瀑布是很澎湃的，但我自細見的瀑布已是很細小的一條流水，卻是人生中見到的第一條瀑布。以前公園燒烤區上面有個涼亭，可以清楚地望到瀑布，但現時不知什麼原因，涼亭被圍封了，便不能走上去看風景。

飛叔生於 70 後，有幸看過未有貝沙灣前的整座山景，那時的瀑布灣有山有水有沙灘，景觀美不勝收。山頭不時有山火發生，童年時卻當成是另類風景欣賞。到了 80 年代後期，開始開山劈石建豪宅，山景風光不再，惟有每天看爆石當作娛樂節目。

這次再來欣賞這個無敵海景，人就老了許多，海卻仍是同一個，所有在這個公園發生過的往事如瀑布般傾瀉起來。

每當我跟朋友說住過華富邨時，總有人問我有否見過外星人，只因華富邨的外星人登陸傳聞成為了香港熱門都市傳說，幾乎以為外星人真的住過華富邨似的。

外星人或 UFO 我就沒見過，反而在七十年代末至八十年代初，就多次親眼目睹過有人由中國內地及越南偷渡來港的情況，他們就在瀑布灣上岸。記得有次在瀑布灣公園玩耍時，突然見到偷渡船泊岸，船上的人從沙灘蜂擁而上公園，就在我身邊擦肩而過，跑過公園然後在屋邨內躲避。當晚大批警員在屋邨內逐層搜查，整晚有直升機在上空照射地面來搜索偷渡客，場面勁過追尋外星人。

瀑布灣的老火湯

瀑布灣不止多奇怪事，亦是散步好去處，公園還有一個著名景點，經海傍步行小徑行，向下坡走去就會來到海邊的泳棚，這裡擺放著千百個神像，遍布整個小山丘。

以前甚少去這個泳棚，反而家父就好喜歡在此留連，他人生的最後十年，幾乎日日都在此度過早上或午後的時光。又難怪他會在此留連忘返，在此游泳就似乎有點危險，但浪拍浪的情境又的確很療癒。記得聽家父説過，自從擺滿神像後，這處鮮有遇溺個案，又或者因為當年在此的泳客們，並不是全為游泳而來，只是當作是街坊聯誼中心。

瀑布灣又是一個極佳的觀看夕陽地點，這天不算晴朗，決定不等到黃昏就離去，最美的瀑布灣夕陽多年前已印在心入面，一閉上雙眼就會見到。這天到此一遊，所有童年記憶都回來了，令我感動得有點想哭。

雖然已經回不去屋邨的舊居，但那居所的面貌永遠在心中。每次當感到困惑，想找個安全舒適地帶，就會想起舊居的模樣，在餐桌上放著母親煲好的老火湯，這就是我感到最安全和私密的時刻，內心的小孩在此得到好好的療癒。

你的安全地帶又在哪裡？感到受傷時，就暫時躲進去獨自避一避靜，只要避完之後懂得回到現實世界就可以。

獻給在人生旅途遇到創傷的人

#別忘掉是靠堅持醫好每個傷患

疫情之前，我原是上班族，像大部份香港打工仔一樣，每年只得七至十數天大假，而且不能一次過攞盡，因此以前旅行對我來說是很珍貴，每次能夠出走幾天已經很開心，但並不滿足。

2019 年出版第一本著作《吃破世情》之後，思考過何時可以再出書，但卻苦無頭緒，當時的人生亦沒有什麼重大的故事可分享。曾經閃過有一絲念頭想在有生之年出版個人的遊記，那時候覺得待自己六十多歲退休後，才可以自由自在周遊列國，到時就可以專心寫旅遊文章了。

不久之後，一場世紀瘟疫來襲，莫說是旅遊，連老本行的食評都要暫停更新。以為疫情和交通意外打倒了我嗎？估不到只是打倒了舊有的我，卻帶來另一段人生。

結果上天就賜予我一個新故事，不用等到六十幾歲，踏入五十歲後的今日，終於圓到出版遊記的夢想。

說回「飛叔療癒」系列文章，最初於 2022 年在網媒發表之時還未開關，原本只打算分享在香港的生活點滴和身心靈體驗，話就話藉著文字去療癒廣大網民，其實最想「自癒」。在 2023 年開始，已急不及待出走。

[illegible]約去年四月在京都回來後，寫作的目標更堅定，覺得可以多去幾次旅行，然後儲多些文，便結集成書。

堅持要將旅遊文章出版成書，除了因為想擁有一本個人遊記外，主要原因是過去幾年的經歷對我個人來說實在太重要，好想將之變成實體書以作紀念。

如果你在網上看過該系列的文章，再對照這書的版本，定會發覺好多篇文都有大幅度的修改。除了因為要修正一些字句及配合實體書讀者的閱讀習慣外，個人的心態也在這一年間，得到了許多新的啟發。

旅遊既療癒了身心，也賦予了我一些靈感，包括對人和事的觀感，都因為這一年的體驗而改變。感到自己少了執著，整個人放輕鬆了，看世事的角度也廣濶了。

改變需要時間，傷患也確實並不是一時三刻可以醫治好的，我因撞車而折斷的腳骨，在經過兩年幾之後，現在還未敢說百份百復元，要繼續定期去醫院觀察隻腳的情況。更何妨如果患的是心病，可能要更長的日子才會釋懷，需要的是堅持和忍耐，任何傷痛都定會有朝一日克服的。

最後，謹以此書獻給曾經在人生旅途遇到創傷的人，感謝你看畢這本書，像跟我經歷一段段療癒的印記，一起感受復元帶來的喜悅。

飛叔 Kelvin

匯聚光芒，燃點夢想！

《祝您旅途瘉快》

系列：飛叔人生

作者：飛叔 Kelvin

出版人：Raymond

責任編輯：家明

封面內文設計：Say²eah

出版：火柴頭工作室有限公司 Match Media Ltd.

電郵：info@matchmediahk.com

發行：泛華發行代理有限公司

九龍將軍澳工業邨駿昌街 7 號 2 樓

承印：新藝域印刷製作有限公司

香港柴灣吉勝街 45 號勝景工業大廈 4 字樓 A 室

出版日期：2024 年 6 月

定價：HK$138

國際書號：978-988-76942-7-4

建議上架：心靈勵志、旅遊

* 作者及出版社已盡力確保本書所載內容及資料正確，但當中牽涉到作者之觀點、意見及所提供的資料，均只可作為參考，若因此引致任何損失，作者及本出版社一概不負責。